Ljubavnik po zadatku

Višnja Savić

Published by Višnja Savić, 2024.

LJUBAVNIK PO ZADATKU

First edition. January 4, 2024.

Copyright © 2024 Višnja Savić.

ISBN: 979-8224050154

Written by Višnja Savić.

Imao sam tada dvadeset godina. Bio sam na kraju prve godine fakulteta, i skoro godinu dana živeo u toj malenoj, već pomalo oronuloj zgradi u predgrađu. Nisam se družio ni sa kim u komšiluku. Javio bih se komšijama ljubazno kad bih ih video, malo popričao u liftu, ali to je bilo sve. Nisam ni provodio puno vremena van svog jednosobnog stana, barem ne u komšiluku. Ili sam bio u stanu, ili sam odlazio do grada.

Tako je bilo sve dok nisam upoznao par koji je stanovao na spratu iznad mene. Druge komšije uglavnom nisam puno primećivao, ali njih sam zapazio čim sam se doselio. Ona je bila brineta od trideset i pet godina, nadrkana i jebozovna. Oblačila se kao tinejdžerka, uske farmerke i majce, prslučići i kratke jaknice. I hodala je nekako napaljeno, kao da je svaki njen korak put ka ljubavniku koji ju je čekao. Naravno da sam je primetio.

On je bio barem petnaest godina stariji od nje. Na prvi pogled to mi je izgledao kao brak iz interesa, zbog kinte. Ili sam želeo da to tako vidim. Mislio sam da se udala mlada, za starijeg ali bogatog, da ne bi brinula o novcu. Povremeno sam razmišljao o njoj, mislio kako nije srećna u braku i kako tako nezadovoljena samo čeka priliku da prevari muža. U tim maštanjima je uvek nekako nalazila mene, i uvek sam takva razmišljanja završio drkajući i zamišljajući kako je tucam. Dešavalo se i da u krevetu sa drugim devojkama maštam o tome kako sam sa njom.

Ali, čak i ako jeste bila nezadovoljena u nesrećnom braku, izgledala je kao da me uopšte ne primećuje. To me je pomalo nerviralo. Radio sam na svom izgledu i znao sam da dobro izgledam. Redovno sam vežbao a i genetika mi je dala zgodno telo i dobre mišiće. Devojke mi nikad nisu nedostajale. Ali ona je delovala kao da to ne primećuje. Kad bi me srela u hodniku uvek bi me ovlaš pogledala, javila se na kratko i to je bilo sve. U liftu je uvek ćutala i nije prihvatala razgovor.

Izgleda da je takva bila sa svima. Koliko god da je izgledala kao da je uvek spremna za jebanje, ulicom je uvek hodala gledajući pravo. Kako je vreme prolazilo, sve više mi se činilo da sam ipak pogrešio u proceni braka iz interesa. Nevoljno sam prihvatio da je njena nezainteresovanost ipak bila rezultat dobrog jebanja kod kuće. Nikad nisam ni pokušavao ništa sa njom. Samo sam nekoliko puta drkao misleći na nju, nakon naših kratkih, ali za mene uvek uzbudljivih susreta.

Tog prolećnog dana krenuo sam na fakultet. Izašao sam iz zgrade i pošao ka autobuskoj stanici. Video sam ga desetak metara dalje. Njen muž je stajao mirno, okružen dimom, i zamišljeno posmatrao nešto neodređeno u daljini. Izgledao je kao da je izašao da popuši cigaretu. Javio sam mu se i nastavio put, ali po prvi put on je započeo priču. Pitao me je kako sam, šta radim i ponudio me cigaretom. Zastao sam pored njega pa smo malo popričali.

Pozvao me je na piće, u kafić koji je bio odmah tu. Prvo što mi je palo na pamet je da je on bio gej. A onda sam se setio njegove žene i odmah odbacio svaku pomisao na to. Pristao sam. Nisam žurio na faks, i zanimalo me je šta će da priča muž najbolje ribe u komšiluku.

Čim su nam doneli piće, prešao je na konkretnu priču. Pogledao me je u oči i nekoliko puta lagano protresao čašu viskija koju je držao u ruci. Lupkanje leda o staklo se čulo kad je progovorio.

"Jel imaš ti devojku?"

Znao sam da me je nekoliko puta video sa raznim devojkama koje sam uvodio u zgradu.

"Nemam"

Nije bilo potrebe da detaljišem. Razumeli smo se. Klimnuo je glavom i otpio malo viskija. A onda me je ponovo pogledao u oči.

"A da li bi imao nešto protiv... da jebeš neku malo stariju?"

Na trenutak sam ustuknuo. Umalo sam se zagrcnuo. Iznenadilo me je da čujem tu reč od njega. Uvek mi je izgledao nekako pristojno. Na mafijaški način, ali ipak dostojanstveno i pristojno. Uzvrpoljio sam se u stolici, nisam znao šta da kažem. Bio sam siguran da me pita zbog svoje žene. Iznenadilo me je to što me je tek tako, usred prepodneva, tako lagodno pitao da li hoću da mu jebem ženu. Koliko god da sam želeo da je tucam, nisam znao šta da mu kažem. Osećao sam da se znojim pred njim, bio me je blam od toga, ali istovremeno, osećao sam kako mi se kurac diže ispod stola, naglo i brzo, od same pomisli na ono što bi moglo da se desi. Posmatrao me je nekoliko trenutaka, a onda je odjednom shvatio o čemu razmišljam. Nasmejao se i odmahnuo rukom.

"Ma ne, ne mislim na svoju ženu. Pitam za neku drugu"

Ne znam da li mi je laknulo ili sam se razočarao, ali puls mi se vratio u normalu.

"Pa ne znam. Ko je ona, kako izgleda?"

"Odlična riba, zgodna, plavuša... Godište moje žene"

Učinilo mi se da u njegovim dubokim plavim očima vidim očaj. Nisam znao odakle je to, ali izgledao je kao da mu je jako potrebno da pristanem. Uzdahnuo sam. Ne bi mi bio prvi put da tek tako tucam neku nepoznatu i bez plana.

"Pa ono, može, nemam pojma. Ali ne razumem što. I šta vi imate od toga?"

Izgledao je kao da je jedva čekao na to. Uspravio se u stolici, povratio je samopouzdanje i odjednom ponovo ličio na mafijaša. Što je možda i bio.

"Ti dobijaš novac. Dobro ću ti platiti. Osim toga, jebaćeš dobru ribu a i to je nagrada"

"A za vas?"

Ponovo se nagnuo ka meni.

"Moraćeš da snimaš sve što se dešava"

"Kako da snimam?"

"Ti smisli kako. Dobićeš svu opremu za to, ništa ne brini"

Naravno da smo pogodili posao. Istog popodneva stigla mi je "oprema". Naočare sa skrivenom kamerom i dugme za košulju, koje je isto tako imalo kameru u sebi. Nakon toga stigla mi je poruka. Pisao mi je da me sutradan uveče očekuje kao gosta u svom stanu.

Znao sam odmah zbog čega je plaćao za snimke, nije morao da mi objašnjava. Želeo je da jebe prijateljicu svoje žene, a nije smeo od nje. Ili nije želeo da je prevari. Zbog toga je hteo da je kroz moje oči vidi u ekstazi, drugačiju od onoga kakvu je navikao da je gleda. Nadao se da će tako jebati preko mene, da će imati osećaj kao da je on jebe. Znao sam i da će drkati na snimke koje mu budem dao.

Sve to se potvrdilo kad sam sutradan stigao u njihov stan. On mi je otvorio vrata, pretvarali smo se da sam samo navratio u prolazu da završimo neki posao, a onda me je on kao pozvao da ostanem, kad sam već tu. Još dok me je upoznavao sa plavušom, video sam kako je gleda. Izgledao je kao da je spreman da svakog trenutka skoči na nju. Nisam razumeo kako to njegova žena nije primećivala.

Nije me lagao, ona je stvarno dobro izgledala, u rangu njegove žene. Imala je dugu plavu kosu, ogrlicu oko vrata, veliki deholte i još veće sise utegnute ispod bele majce. Nosila je široku letnju suknju do kolena, koju sam lepo mogao da vidim kad je ustala da se upoznamo. Komšija i dalje nije skidao oči sa nje. Pitao sam se šta njegova žena misli o svemu tome. Znao sam da nije postojala šansa da nije primetila napaljenost svog muža. Nisam smeo da dugo gledam u njenom pravcu, ali činilo mi se da ona ni malo ne brine da će je prevariti.

Svu svoju pažnju usmerio sam ka njenoj prijateljici, znao sam zbog čega sam tamo. Trudio sam se da je zabavim, nakon svake ispričane šale razmenio sam poglede sa njom. Želeo sam da odmah oseti moju naklonost. Naravno, čim sam seo primetio sam burmu na njenoj ruci. Nije me to začudilo, bilo bi čudno da je tako dobra riba nema, samo sam se pitao zbog čega je komšija mislio da mogu da tek tako smuvam udatu ženu. Ali laskalo mi je to. Zbog toga nisam odustajao, dao sam sve od sebe da je osvojim.

Pored toga, vino je bilo moj saveznik. Već su krenuli sa pićem i pre nego što sam stigao. Nije prošlo dugo kad sam na sebi osetio plavušine zainteresovane poglede. Znao sam da je gotova, udata ili ne, samo sam se pitao na koji način da izvedem završne poteze.

Ona je u nekom trenutku pogledala na svoj sat i ustala. Rekla je kako sutradan mora da ustane rano, i izvinila se što mora da pođe. Odmah sam ustao za njom.

”Idem i ja, vreme je. Ako hoćete, mogu da vas povezem”

Još uvek sam joj persirao. Pogledala me je i nasmešila se.

"Pa dobro, hvala, ako ideš u mom pravcu..."

Dok smo ulazili u lift, stavio sam ruku preko njenog struka. To sam ponovio i ispred zgrade kad smo izlazili na svež prolećni vazduh. Nijednom mi nije sklonila ruku, ni pokazala da joj to smeta. U kolima mi je rekla gde stanuje, pa smo krenuli. Razmišljao sam kako da startujem udatu ženu i pitao se koji je pravi trenutak. Osetio sam njene poglede na sebi i znao da je gotova. Na drugom semaforu sam odustao od razmišljanja. Uhvatio sam je za dlan, povukao ga ka sebi i postavio ga preko svog dignutog kurca.

Ništa nije rekla. Na semaforu se upalilo zeleno svetlo. Osetio sam njen dlan kako prelazi preko moje kite. Dao sam žmigavac, ušao u prvi parking i parkirao na najudaljenije mesto koje sam video. Čim sam ugasio motor okrenuo sam se ka njom. Gledali smo se na trenutak pre nego što sam joj se približio i poljubio. Ljubila me je strasno i napaljeno, sa ukusom vina na toplim usnama. Uhvatio sam je za sisu i gnječio je. Otkopčala mi je šlic i izvadila kurac napolje. Drkala ga je dok smo se ljubili. Bili smo kao napaljeni tinejdžeri. Osim što sam na kurcu mogao da osetim hladan dodir metalne burme. Nije mi smetalo, samo me je dodatno ložilo. Pretpostavio sam da je i njen muž neki mafijaš, nije bilo razloga da osetim grižu savesti zbog toga.

Malo sam se odmaknuo od nje. Na sebi sam i dalje imao naočare sa kamerom. Odmeravao sam je pogledom, želeo sam da pružim priliku komšiji da je dobro vidi kasnije na snimku. Sklonio sam joj kosu sa lica i držao dlan na potiljku. Drugom rukom sam joj stiskao sisu. Spustio sam pogled i kameru. Zavukao sam ruku ispod majce i povukao je gore. Nosila je beli čipkani brushalter. Nastavio sam da se igram sa sisom dok me je ona posmatrala. Ali nije sačekala da izvadim sisu napolje. Savila se ka mom struku, polizala kurac jedanput, a onda ga obuhvatila toplim usnama. Povukao sam sedište što sam mogao više unazad da bih joj dao više mesta.

Slušao sam je kako napaljeno stenje, a onda sam joj se pridružio. Stvarno je znala da puši kurac. Drkala ga je i dalje dok se ustima brzo nabijala na njega. Osetio sam kako joj jezik istovremeno prelazi preko glavića. Desnom rukom sam joj zadigao suknju, lupio sam je po dupetu jednom, a onda sam dlanom prelazio preko njenih gaćica.

Na trenutak ga je izvadila iz usta. Pogledala me je sanjivim i vlažnim očima.

"Kako imaš dobar kurac..."

Skinula je majcu i otkopčala brushalter. Pokazala mi je sise (meni i komšiji), pustila da ih još jednom stegnem a onda se ponovo savila ka kurcu. Stavila ga je između svojih velikih čvrstih sisa a onda počela da ih pomera preko njega. Posmatrao sam kako se glavić pojavljuje između njenih belih sisa. Zastenjao sam kad ga je uzela u usta. Ponovo sam joj zadigao suknju i zavukao ruku ispod gaćica. Osetio sam njenu vlažnu pičku pod prstima i potražio klitoris.

Glasno je zamumlala od strasti i počela još brže da pomera sise preko kurca. Usne je još čvršće stegnula oko glavića. Nisam dugo izdržao. Držao sam je čvrsto za glavu kao sam počeo da svršavam. Nije ga vadila iz usta. Sisama je i dalje prelazila preko njega dok sam joj punio usta spermom. Drhtao sam od zadovoljstva i glasno stenjao. Pustila me je da završim, nabila se još jednom na njega, a onda ga izvadila iz sebe. Progutala je sve iz usta i još jednom polizala kurac.

Nasmešila mi se kad se uspravila i ponovo naslonila u sedištu. Delovala je zadovoljno. Posmatrali smo se nekoliko trenutaka. Sa njenih golih sisa slivale su se kapljice bele tečnosti. Njene usne su svetlucale od sperme pod uličnim svetlom. Prošaputala je, kao da mi odaje neku tajnu.

"Sperma i vino, ništa lepše"

Posmatrao sam je dok je vraćala sise u brus, i preko njega ponovo navlačila majcu. Kad se ponovo naslonila na sedište, izgledala je kao da očekuje da je odvezem kući. Ali još nisam bio završio zadatak koji mi je bio poveren. A i da nije bilo zadatka, nisam mogao da je tek tako pustim.

"Hoću da te jebem"

Stavio sam ruku preko njene butine i stegnuo je.

"Moram da te jebem"

Sklonila mi je ruku, pretvarala se da više nije zainteresovana. Znala je da će me to femkanje još više naložiti, i bila je u pravu. Osetio sam kako mi se kurac brzo diže. Gledala je ispred sebe, ali nije uspevala da sakrije osmeh. Samo je glumila ozbiljnost.

"Jel ti znaš da sam udata? I da sam starija od tebe?"

Ponovo sam joj stavio dlan preko mog kurca, tek da oseti da sam ponovo spreman za nju. Zadrhtala je od toga. Skonio sam pramen kose sa njenog lica.

"Znam"

"I ne smeta ti to?"

Šaputao sam joj u uvo dok sam dlanom prelazio preko njene butine.

"Što da mi smeta? Dobra si pička, želim te... Ništa me ne bi zaustavilo"

Ponovo je uzdrhtala. Nije svršila, i znao sam da je samo čekala pravi razlog da se bez griže savesti izjebe sa mnom. Okrenuo sam se od nje i startovao auto. Pretvarala se da je zbunjena i iznenađena.

"Gde idemo?"

Odgovorio sam joj da idemo kod mene, i tu je bio kraj razgovora. Nije više ništa rekla. Vozili smo se u tišini, i oboje jedva čekali da stignemo.

Pogledala me je širom raširenih očiju kad je videla da parkiram ispred svoje zgrade. Više nije glumila iznenađenost. Tek tad sam shvatio da ona ne zna da sam komšija sa njenom prijateljicom. Verovatno je tad bila mislila da hoću da je vodim tamo. Ko zna koje kombinacije su joj tad prolazile kroz glavu. Ponovo se opustila kad sam joj objasnio da i ja stanujem tu, u istoj zgradi. Ali to mi je dalo dobru ideju, za koju sam znao da će se komšiji sigurno svideti.

Već u liftu smo počeli da se vatamo. Prišao sam joj i strasno je poljubio dok sam joj rukama zadizao suknju. Glasno je stenjala, činilo mi se da će svršiti svakog trenutka.

Čim je lift stao, izjurili smo napolje. Zastala je kad je videla da smo na spratu njene prijateljice. Namerno sam je doveo tu, hteo sam da komšija uživa dok bude gledao kako je jebem ispred njegovog stana. Znao sam da će maštati o tome kako je on jebao tu.

Gledala me je zbunjeno dok sam je vodio za ruku ka vratima njene drugarice.

”Ali ti ne živiš ovde?”

Leđima sam je postavio na vrata i odmah joj zadigao suknju. Onda sam je pogledao u oči.

”Ne smeta ti to?”

Nije odgovorila. Bila je previše napaljena da bi joj bilo šta smetalo. Njene ruke su već brzo otkopčavale moj šlic. Gledala me je u oči u polumraku hodnika i drkala mi kurac. Sklonio sam gaćice sa njene pičke i prošaptao joj u uvo.

”Gurni ga u sebe”

Nije čekala da joj dvaput kažem. Približila se bedrima glaviću, nekoliko puta prešla vlažnim usminama po njemu, pa se ponovo oslonila bedrima na vrata. Uhvatila me je obema rukama za dupe i povukla ka sebi. Grizla je donju usnu dok je kurac ulazio u nju, ali me je i dalje čvrsto držala i vukla ka sebi. Šaputala je zatvorenih očiju.

”Ohhhhh, koliku kurčinu imaš”

Zadigao sam joj majcu i izvadio sise iz brusa. Uzeo sam ih u dlanove i zadivljeno posmatrao njihovu belinu. Izgledalo je kao da svetle u polumraku hodnika. Poljubio sam njene tamne čvrste bradavice i počeo da je jebem ispred vrata komšija. Trudio sam se da napravim i dobar snimak za njega. Gledao sam plavušu u lice, onda sam spustio pogled na dole, ka sisama i pički. Trudio sam se da se dobro vidi kako kurac ulazi u nju. Nadao sam se da će i komšija uživati. Njemu sam imao da zahvalim za jebanje ovako dobre ribe.

Plavuša je zatvorenih očiju primala kurac i tiho stenjala. Nije delovala kao da se brine da će nas neko videti, ili da će nas komšije čuti. Držala me je čvrsto za podlaktice i uživala. Snažno sam se nabijao u nju. Udarao sam bedrima o njena sve dok vrata iza nje nisu počela da tiho lupkaju u ritmu našeg jebanja. Ni ja nisam brinuo da li će nas neko čuti – ja sam se nadao da hoće. Dok sam je jebao maštao sam o tome kako nas njena drugarica čuje u svojoj spavaćoj sobi. Kako sluša tiho udaranje po vratima i kako zna da to ja jebem njenu prijateljicu. Zamišljao sam je kako se zbog toga u mraku dodiruje, sa rukama između raširenih nogu, ćutke i krišom, odmah pored svog muža. Mogao sam da vidim kako zbog nas ćutke svršava, zgrčena i skupljenih kolena, dok grize usne da se ne bi radosnim krikom odala.

Nabijao sam plavušu sve snažnije na vrata i zvuk lupanja vrata je postao još jači. Koliko god da sam u maštanjima želeo da probudim njenu prijateljicu, i da otvori vrata i pridruži nam se, znao sam da su bile male šanse da bi se buđenje tako završilo. Zbog toga sam je uhvatio za struk i pomerio je u stranu. Naslonio sam je na zid, a onda navalio na nju još snažnije. Uskoro je počela da svršava. Širom je otvorila oči i pogledala me. I usne su joj se široko raširile, stenjala je dubokim glasom dok je orgazam tresao njeno telo. Trudila se da bude tiha, ali njeni uzbuđeni zvuci su odzvanjali praznom zgradom. Napalio me je taj zvuk njenog svršavanja u hodniku.

Obuhvatila me je rukama oko vrata kad je završila. Smeškala mi se dok sam se napaljeno nabijao u nju. Izgleda da joj se svidelo koliko me je bila uzbudila. Bio sam sve bliži svršavanju. Trgnula se kad se upalilo svetlo u hodniku, ali se ubrzo ponovo opustila. Pomislio sam kako se to desilo u pravom trenutku, za bolji snimak. Ona me je i dalje gledala, znala je da sam blizu. Prošaputala je.

”Volim da gutam”

Čim sam ga izvadio, kleknula je ispred mene. Probala je da ga obuhvati usnama, ali sam je uhvatio za kosu i držao dalje. Želeo sam da je isprskam. Drkao sam ga ispred nje i posmatrao njeno lepo lice. Otvorenih usta, jedva je čekala svoj poklon. Trgnula se kad su mlazevi sperme počeli da šikljaju iz njega. Okrenuo sam joj glavu u stranu i prvim mlazom joj isprskao obraz, a onda sam kurac spustio niže, ka njenim grudima. Dok sam dahtao i posmatrao kako sperma zaliva njene bele sise, ponovo sam se setio komšinice. Usred orgazma, dok sam stenjao iznad njene prijateljice, palo mi je na pamet da komšija neće biti jedini koje će gledati snimak. A možda je on sve ovo od mene naručio da bi oni oboje gledali? Možda im je to bilo uzbudljivo, način da se oboje napale?

Zastenjao sam glasnije od same pomisli na to da će moja zgodna komšinica posmatrati kako sam joj jebao drugaricu. Dok su se poslednje kapi sperme slivale na plavušu, već sam doneo odluku da ne mogu tek tako da je pustim. Morao sam da impresioniram komšinicu.

Moja jebačica je već ustala. Brisala je maramicom sise. Posmatrao sam kako se sređuje, sačekao da se ponovo zakopča i spusti suknju. Ponovo je izgledala kao da se sve završilo, i da sad samo očekuje da je odvezem kolima kući. Obično bih tako i uradio. Ali morao sam da njenoj drugarici pokažem još od sebe.

”Ajde na kafu”

Plavuša je podigla pogled. Činilo mi se da su njene bele sise svetlucale u mraku i ispod majce. Zbunjeno me je gledala.

”Na kafu?”

Nekoliko trenutaka me je posmatrala. Kao da se pitala da li hoću još da je jebem, ili da li mislim da je ovo početak zanimljive veze. Uhvatio sam je za dupe i potapšao ga.

”Ajde jebote, čitava noć je pred nama, a ionako si sama kući”

Osmehnula se sa olakšanjem kad je shvatila da ipak samo hoću da je jebem.

Čim smo stigli u moj stan, postavio sam je da sedne na veliki krevet, a onda po prvi put te večeri sa lica skinuo naočare sa tajnom kamerom. Stavio sam ih na ormar naspram nje. Želeo sam da nas komšija (ili komšije, nadao sam se) bolje vidi. Doneo sam nam dve šoljice kafe i seo pored nje. Tek tad sam shvatio da još nemamo teme za razgovor. Sedeli smo u tišini neko vreme, pa je ona prva progovorila.

”Znači, ložiš se na moju drugaricu?”

To me je potpuno zateklo. Samo sam zurio u nju, nespreman da bilo šta kažem. Potapšala me je po kolenu nekoliko puta.

"Ma ne brini, neću joj ništa reći. Osim ako ti nećeš da joj kažem"

Tek onda sam shvatio. To što sam je tucao pred komšinicinim vratima, to je shvatila kao želju da pojebem komšinicu. Šta drugo je i mogla da pomisli? Da snimam naše jebanje da bi komšija kasnije mogao da drka dok je gleda kako svršava, maštajući kako je on taj ko je tuca?

"Onako", otpio sam gutljaj kafe i pravio se nevešt, "Dobra je riba"

"Probaj da je startuješ, možda će ti dati"

"Misliš?"

Bio sam sumnjičav, izgledalo je kao da me loži. Ali ona je samouvereno klimala glavom.

"Ona se pravi malo blesava, ali voli da se jebe. Skoro kao ja"

Nestašno se nasmejala. Onda je primetila da joj i dalje ne verujem.

"Poznajemo se još od fakulteta, bile smo nerazdvojne tad. I nezasite. Dobro smo se provodile, i nije bilo tipa kojeg smo želele, a da nam nije dao"

"Vas dve?"

Pokušavao sam da zamislim svoju ozbiljnu, uzdržanu komšinicu kako se u mojim godinama provodi i jebe sa kim hoće. Nisam mogao da verujem u to. Plavuša je samouvereno klimala glavom.

"I znaš kako se dobro jebe..."

"Kako znaš?"

Ponovo se nestašno nasmejala. Pustila me je da nagađam par trenutaka, a onda je nastavila.

"Pa tucale smo se zajedno dečko. Bila nam je zabava da ponekad jedna od nas smuva tipa, pa se onda druga pridruži"

"Ona je bila u trojkama?"

"Nismo odavno to radile, baš davno, ali mogle bismo da se podsetimo. Šta misliš?"

Nisam odmah shvatio na šta je mislila, toliko sam bio zapanjen novim vestima. I dalje sam pokušavao da zamislim komšinicu kako se strasno tuca sa svojom drugaricom. Plavuša je nastavila.

”Ajde smuvaj je. Pa je onda dovedi ovde. Možeš obe da nas izjebeš na ovom krevetu. Bilo bi to jako dobro. Nedostaje mi provod sa njom. Da se malo podsetimo i zajedno uživamo”

Glas joj je ponovo postao promukao i napaljen. Ustao sam i otkopčao šlic. Tek tad sam primetio da mi je kurac ponovo bio čvrst. Napalila me je ta priča o komšinici. Uzeo sam ga u ruku i približio se plavuši. Odmah je spustila šoljicu kafe. Obuhvatila ga je usnama i počela da puši. Sklonio sam joj dlanovima kosu sa obraza, sakupio je na potiljku i obema rukama držao tamo. Napaljeno sam ga gurao u nju i stenjao. Gutala ga je iskusno, primala ga je čitavog u sebe.

Dok sam pomerao bedra ka njoj, razmišljao sam o tome da će komšinica videti snimak, i čuti našu priču. Pitao sam da li je moguće da bih mogao da je izjebem. Nisam stigao da puno razmišljam o tome. Osetio sam dlanove plavuše na bedrima. Blago me je odgurnula od sebe i izvadila kurac iz usta.

Brzo mi je svukla pantalone i postavila da sednem na krevet, a onda je sela u moje krilo. Uhvatio sam je za dupe dok me je jahala. Ispružio sam se u krevetu, držao dlanove na njenim butinama i posmatrao velike sise kako brzo skaču na sve strane. Mogao sam da svršim odmah, ali sam čekao nju.

Onda sam se setio da se naše jebanje snima, i da sam još i plaćen za to. Naočare su i dalje bile usmerene ka nama, ali su gledale ka njenim leđima. Uspravio sam se, podigao plavušu i okrenuo je leđima ka meni. Želeo sam da je komšija što bolje vidi, da i on gleda u te velike sise kako skakuću dok me je napaljeno jebala. Nadao sam se da bi i njegova žena tako mogla da bolje vidi moj kurac. Držao sam plavušu za struk, gledao njeno dupe kako se nabija na mene, i maštao o komšinici kako drka dok nas gleda.

Kad sam čuo glasne krike plavuše, nekoliko puta sam brzo podigao bedra ka njoj, nabijao ga snažno u njenu pičku sve dok i ja nisam počeo da svršavam. Nije ustajala, pustila me je da se ispraznim u nju. Zgrabio sam je za sise i snažno ih stezao dok smo oboje drhtali u ekstazi.

Prespavala je kod mene, nekako se to podrazumevalo. Mrzelo me je da je vozim kući, i ona je to osetila. Ionako nije morala da ide.

Probudio sam se pre nje. Ležala je na boku, okrenuta leđima ka meni. Posmatrao sam je kako mirno diše. Tanko ćebe prekrivalo je njeno telo od struka na dole. Lenjo sam ustao i otišao u kupatilo. Umio sam se, pogledao svoje neobrijano lice u ogledalu a onda skinuo. Skoro da sam stao pod tuš kad sam pogledao svoj dignuti kurac. Bio sam spreman za jebanje, a imao sam lepu ženu na svom krevetu. Nisam puno razmišljao.

Uključio sam kameru na naočarima, pa sam ponovo legao na krevet iza nje. Pažljivo, da je ne probudim, skinuo sam joj gaćice i svukao ih do kolena. Uzeo sam kurac u ruku i polako ga provukao između njenih butina. Potražio sam njene usmine i gurnuo vrh glavića između njih. Još više sam se priljubio uz nju i počeo polako da je jebem. Stavio sam dlan na njen struk i tiho dahtao iza njenih leđa dok sam pažljivo ulazio u nju. Polako i nežno, da je ne probudim. Prijala mi je toplota njenog tela, i pomisao da nije svesna koliko uživam pored nje. Nije to bilo pravo tucanje, samo sam glavićem prolazio između njenih usmina.

Prošao je minut takvog tajnog jebanja, kad se njeno telo trgnulo. Nekoliko trenutaka ležala je nepomično, nije ni disala. Znao sam da je budna, ali nisam prestajao. Pitao se o čemu razmišlja dok me oseća u sebi, dok krišom uživam u njenom telu. Onda je okrenula profil ka meni. Video sam osmeh na njenom licu. Sanjivo je progovorila.

”Dobro jutro”

”Nadam se da ne zameraš što sam ovako sam počeo?”

Stavila je dlan na moj kuk.

”Samo nastavi. Volim ovakva buđenja”

Uhvatio sam je za sisu i stegnuo je. Kurac sam polako gurao dublje u nju dok se ona nameštala da me bolje primi.

”Jel si me sanjala?”

Ćutala je nekoliko trenutaka. Pitao sam to onako, bezveze, ali ona je to izgleda ozbiljno shvatila.

”Da znaš da jesam”

”Stvarno?”

”Sanjala sam kako tucaš mene, i moju prijateljicu. Zajedno. Bili smo negde na moru i jebali se u diskoteci”

Lagano sam ga gurao u nju. Prijalo mi je to što čujem, ali nisam znao da li me loži.

”Zvuči kao dobar san”

Zamumlala je jednom od zadovoljstva, ali ništa nije odgovorila. Jebali smo se u tišini. I verovatno oboje razmišljali o njenoj prijateljici. A onda je ona progovorila.

”E... A jel si razmislio ti?”

”O čemu?”

”Pa o onome što sam ti predložila. Da je smuvaš”

”Hoćeš da probam?”

”Ufffff...”

Izvila je svoje telo od zadovoljstva kad je čula te reči. Oslonila je dlan na moju butinu.

”Baš bih volela to. Da se ponovo jebem pored nje. Samo moraš da se paziš njenog muža. Ako te provali, ko zna šta bi ti uradio”

”A da pitamo i njega?”

Okrenula se ka meni da vidi da li je zezam. Onda se nasmejala.

”Mmmmmm... Četvorka. Idealno”

”Ozbiljno mislim”

”Ne bi bilo loše. Ti bi me tucao, a ja bih gledala kako je muž razvaljuje pored nas”

”A jel bi se tucala samo sa njim?”

Znao sam da će se komšiji svideti moja pitanja.

”Kako misliš samo sa njim?”

”Dobro, i sa mnom. Trojka, sa muškarcima”

Ćutala je i razmišljala. Stegnuo sam je za sisu i malo brže počeo da je jebem. Šaputao sam joj na uvo.

"Zamisli da se jebeš sa dvojicom. Da dva kurca ulaze duboko u tebe. Da te potpuno ispunimo. Da te muž tvoje prijateljice i ja zalivamo spermom, dok nas ona gleda..."

Izgledala je kao da je naložila ta priča. Nastavio bih i dalje, i čekao njen odgovor, ali njen telefon je zazvonio. Uzela ga je u ruku i panično uspravila u krevetu kad ga je pogledala. Okrenula se ka meni raširenih očiju.

"Moj muž!"

Ponašala se kao da je uhvatio u prevari. Što i jeste bilo istina, samo što on to nije znao. Meni je bilo svejedno. Znao sam da ne može da nas vidi, pa sam mirno nastavio da je jebem dok je ona odgovarala na poziv.

"Ćao dragi"

Glas joj je bio potpuno smiren. Zvučala je kao da se tek probudila, a ne kao da prima kurac u sebe. Dok ga je slušala, uspravila se i odmaknula od mene. Pokušala je da ustane ali joj nisam dozvolio. Čvrsto sam je uhvatio za struk i vratio nazad ka sebi. I dalje smo ležali na boku. Držao sam je za sise i ulazio duboko u nju.

Pomislio sam kako joj je možda nezgodno da razgovara dok leži, pa sam je polako podigao. Ponovo je pokušala da se odmakne ali sam je pre nego što je uspela u tome, već čvrsto uhvatio i postavio u drugi položaj. Klečala je na krevetu i slušala svog muža kad sam je gurnuo napred. Bila je naгužena kad sam ga ponovo nabio u nju od pozadi.

"Znam, znam", i dalje je pričala mužu, "Ali nisam ja kući. Pa rekla sam ti. Nisam ti rekla?"

Držala je dlan na mom stomaku i bezuspešno pokušavala da me odgurne. Nije bilo šanse da prekidam. Nagnuo sam se napred nad nju, uhvatio je za kosu i okrenuo lice ka sebi, da je bolje vidim. Spustio sam dlanove preko njenog dupeta i snažno ga stegnuo. Guzio sam je još brže. Gledao sam njeno oznojano lice, i odsutan pogled. Izgledala je kao da jako i intenzivno uživa, ali se borila da to sakrije.

”Tu sam, kod prijateljice, znaš koje. Ona još spava. Same smo. Da, doći ću kući kad se probudi. Važi. Ljubim te. Ćao”

Čim je prekinula vezu, glasno je kriknula.

”Ohhhhhh... Šta mi to radiš! Jedva sam izdržala da budem mirna. Umalo muž da me provali. Jebaču moj. Kako ti je dobar kurac. Uhhhh...”

Zatvorila je oči i zadovoljno stenjala. Čvrsto sam je držao za dupe i jebao je snažno. Onda se ona trgnula, kao da se setila. Odmaknula se, izvadila kurac iz sebe a onda legla na leđa ispred mene. Ponovo je uključila telefon, potražila kontakte i na kratko se okrenula ka meni. Raširila je noge, drugom rukom je uzela kurac i gurnula ga u sebe dok je čekala vezu.

”Sad više ne moraš da budeš tako tih. Zovem tvoju komšinicu”

Zakikotala se nestašno a onda je nastavila ozbiljnim glasom u telefon.

”Ćao. E, ja sam. Samo da znaš, ako zove onaj moj, ja sam prespavala kod tebe, okej?”

Nagnuo sam se ka njoj dok sam polako ulazio u nju, želeo sam da čujem glas komšinice. Njena drugarica ispod mene je nastavila.

”Prespavala sam... Kod jednog finog momka”

Pomilovala mi je kurac, prešla dlanom preko stomaka a onda me zagrlila oko vrata. Više se nije trudila da sakrije napaljeno dahtanje. Želela je da joj prijateljica shvati da se sad jebe. Prebacila je drugaricu na zvučnik, a onda ostavila telefon na krevet pored nas. Začuo sam glas iz njega.

”Ne stvarno, gde si? Odavno nisi tražila da lažem za tebe”

Moja plavuša me je pogledala.

”Evo me... u tvom komšiluku”

Rekla je to polako, napaljeno, znajući kako će to da zvuči njenoj prijateljici. Komšinica je ćutala. Setila se prethodne večeri, i shvatila je da joj je drugarica kod mene. Plavuša je dahtala tiho.

”Hoćeš da dođeš?”

Usporio sam sa jebanjem, ulazio sam pomalo odsutno u nju, samo sam čekao odgovor. Već sam je zamislio kako stvarno dolazi kod nas. Ali komšinica je ćutala. Verovatno je bila šokirana onim što je čula, nisam mogao ni da zamislim šta je mislila. Gledao sam njenu drugaricu u oči i nastavio da je jebem brže. Njen glasni jecaj je prekinuo tišinu.

”Ahhhhhh... Znaš kako je dobar...”

”E... Moram da idem. Ajd ćao”

Prekinula je vezu. Plavuša me je pogledala pomalo razočarano. Uzdahnula je.

”Pre deset godina bi već bila ovde na vratima”

Nisam puno razmišljao o tome, samo sam hteo da svršim. Uhvatio sam je jednom rukom za sisu i stegnuo je dok sam se snažno nabijao u nju. Uhvatila me je čvrsto za struk i gledala u oči. Dlanom druge ruke je brzo prelazila preko klitorisa. Glasno je kriknula i zatvorila oči baš kad sam počeo da svršavam. Izvadio sam kurac iz nje i prskao je po sisama dok smo oboje drhtali u orgazmu.

Svršavala je duže nego ja. Polako sam prelazio dlanom preko kurca i posmatrao njeno lice u ekstazi ispod sebe. Kad je otvorila oči osmehnula mi se. Uspravila se u krevetu a onda se savila ka meni. Toplim usnama mi je poljubila glavić. Stavila ga je u usta i oblizala ga. Kad je završila, sela je pored mene.

”Jel bi je stvarno jebao?”

Odjednom sam se ponovo setio komšije koji će gledati snimak. Pravio sam se nevešt.

”Koga?”

”Pa moju drugaricu”

Nisam znao šta da kažem. Nisam znao kako će komšija da reaguje na priču o njegovoj ženi. Ustao sam i približio kurac njenim golim sisama. Glavićem sam razmazivao spermu koja se slivala sa njih. Želeo sam da mu nečim skrenem pažnju sa priče. Plavuša me je i dalje mirno posmatrala. Čekala je odgovor. Okrenuo sam leđa kameri i prošaputao.

”Naravno da bih”

Osmehnula se, zadovoljna odgovorom. Uhvatila je sise dlanovima i polako ih trljala o kurac.

"Jebaćeš je, smislićemo kako. Ako se bude setila onoga kakva je bila, možda ćeš nas jebati zajedno"

18

Istog popodneva sam se sreo sa komšijom ispred zgrade. Posmatrao sam ga iz daljine dok sam dolazio. Nestrpljivo je cupkao i čekao da stignem. Izgledao je kao tinejdžer koji čeka svog dilera. Bio je to čudan prizor. Ozbiljan čovek, sa odelom i kravatom, mafijaškog lika, a opet, nestrpljiv da što pre dobije svoju robu.

Lice mu se ozarilo kad me je video. Pozdravio me je srdačno, kao pravog novog prijatelja i uzeo memorijsku karticu koju sam mu spremio. Dao mi je koverat sa dogovorenom sumom. Malo smo popričali, zanimalo ga je nekoliko detalja o onome što se desilo a onda smo se rastali.

Već sutradan me je ponovo nazvao. Glas mu je bio zvonak, zvučalo je kao da je oduševljen snimkom. Malo me je bilo brinulo to kako će da reaguje na onu priču o njegovoj ženi, ali to uopšte nije pominjao. Pričali smo kao najbolji prijatelji, a onda me je pozvao da dođem kod njega. Više se nismo sretali ispred ulaza, postali smo drugari.

Njegova žena mi je otvorila vrata. Iznenadio sam se kad sam je video. Nisam očekivao da ona bude u stanu dok sa njenim mužem razgovaram o jebanju njene prijateljice. Primetila je moju zbunjenost, pa mi se osmehnula i ponovo me pozvala da uđem. Prošao sam pored nje u stan. Od njenog mirisa i blizine mi se pomalo zavrtelo u glavi. Sačekao sam da zatvori vrata, a onda krenuo za njom ka sobi.

Na sebi je imala kućnu haljinu. Ni to nije moglo da sakrije njen uzak struk i zgodno telo. Posmatrao sam njenu guzu koja se njihala ispod haljine dok me je uvodila u sobu. Primetio sam da se ponašala nekako drugačije prema meni. Nije više bila baš onako uzdržana, po prvi put se osmehivala dok je pričala. Bilo je očigledno da joj je prijateljica već sve ispričala. Kurac mi se bio digao od trenutka od kako sam je ugledao na vratima. Nije mi smetalo da to ona primeti, ali nisam želeo da njen muž provali da hoću da mu tucam ženu. Zbog toga sam sa olakšanjem prihvatio njen poziv da sednem. Pitala me je da li hoću kafu, a onda je pozvala muža koji je odmah stigao iz druge sobe. Samo mi je mahnuo rukom i pozvao u drugu sobu.

Nevoljno sam ponovo ustao. Srećom, on je već bio okrenuo leđa, ali ona me je dobro odmerila pogledom. Odmah je primetila dignuti kurac, nisam to mogao da sakrijem. Znala je da sam joj tucao drugaricu, a tada je saznala da sam želeo da tucam i nju. Delovala je zadovoljna zbog toga.

Čim sam ušao u sobu, komšija mi je rekao da sednem. Nije krio oduševljenje. Potapšao me je po ramenu pre nego što je seo u fotelju naspram mene.

”Ala si je dobro odradio, svaka čast. Nisam očekivao da bude tako brzo i tako dobro. Zbog toga, evo mali bonus”

Pružio mi je novu kovertu sa novcem. Zbunjeno sam se zahvalio, nisam to očekivao. On je samo odmahnuo rukom i nastavio. Pričao je kako plavuša dobro izgleda i još me malo ispitivao oko detalja. Pitao me je i šta mislim da li bi on imao šanse ako je startuje. Svideo mu se taj deo priče. Ubrzo smo pričali kao dva drugara. Tražio je da mu pričam sve detalje, sve ono što kamera nije mogla da zabeleži. Našu priču o plavušinim sisama prekinula je komšinica koja je ušla. Odjednom smo obojica zaćutali. Nosila je tacnu sa dve šoljice kafe i stala između nas, ispred malog stočića. Dok je spuštala šoljice na sto, naguzila se prema meni. Znao sam da je to namerno zadirkivanje.

Muž je sačekao da izađe, a onda pokazao na zatvorena vrata i nastavio ozbiljnim glasom.

”Vidi, ovo što si čuo za nju... To, da je bila pomalo... Previše slobodna pre braka. To je istina. Stvarno je volela da se tuca. Ali od kako je u braku, više nije takva. Tako da, to što si čuo, nemoj da pričaš dalje, jel dogovoreno?”

”Ma naravno komšija, nikakav problem”

”Eto odlično. Ajde onda da popijemo kafu, pa da idemo dalje”

Bio sam zbunjen.

”Gde dalje?”

Objasnio mi je da ima novi zadatak za mene i da hoće da me odvede tamo. Usput je iz fioke izvadio nove, tek kupljene naočare. Pored toga što su snimale, mogle su i da odmah emituju snimak. Tako da nije morao da čeka, mogao je da u isto vreme gleda šta radim. Što je značilo da će verovatno da sedi u sobi i drka ispred kompjutera dok gleda kako jebem neku njegovu omiljenu ženu.

Hodali smo u tišini ka tom misterioznom mestu. Izgledao je zabrinuto, kao da idemo na neki važan zadatak, sa neizvesnim ishodom. Trudio sam se da sakrijem osmeh. Uzdahnuo je i pogledao me.

”Ne znam kako da ti objasnim tačno ko je ova, bolje je da ti pokažem”

”A gde idemo?”

”Tu ima neka devojka, tvojih godina, radi u frizerskom salonu”

Čim je to rekao, shvatio sam. Ponovo sam poželeo da se osmehnem. Mislio sam da će zadatak biti teži. Odmah sam znao koju je poželeo, nije bilo šanse da sam pogrešio. Iako je bilo nekoliko salona u blizini, ova je bila najbolja riba od svih. Marija, plavuša malo mlađa od mene, zgodna i jebozovna. Pored nje, nije postojala nikakva mogućnost da se loži na neku drugu.

Pet minuta kasnije, ušli smo u salon u kome je radila. Osmehnula se kad me je videla, bila je iznenađena što sam tu. I moj komšija je bio iznenađen kad je video da se poznajemo. Šišala je nekog drugog mladića, pa smo seli da sačekamo. Komšija je odmerio napaljenim pogledom, pa se nagnuo ka meni.

”Na nju sam mislio. Šta kažeš, hoćeš li moći to?”, prošaptao je.

”Videćemo”

Posmatrao me je nekoliko trenutaka, a onda je klimnuo glavom i ustao.

”Onda samo se dogovorili”

Žurio je kući, hteo je da na vreme stigne ispred kompjutera, da ne propusti nešto od scena koje je priželjkivao. Za slučaj da uspem. Ali ja sam razmišljao o nečemu drugome. Sačekao sam da stigne do vrata.

”Sačekajte još malo komšija. Možemo zajedno kući”

Začuđeno me je pogledao. Stajao je tako nekoliko trenutaka, a onda se vratio na stolicu pored mene. Delovao je nervozno, pomalo razočarano jer je shvatio da tog dana neće videti kako jebem njegovu omiljenu frizerku.

Nisam obraćao pažnju na njegove poglede. Gledao sam Mariju dok je sa makazama u ruci obilazila oko mušterije. Bila je malo viša od mene, i po običaju nosila patike. Na sebi je imala i svoj omiljeni komad garderobe, žutu mini suknju koja je otkrivala njene lepe duge noge. Gore je nosila samo svetloplavu majcu ispod koje su se nazirale njene male čvrste sise. Delovala je pomalo zbunjeno dok je pokušavala da me krišom gleda.

Ono što komšija nije znao je to da smo se ona i ja godinu ili dve pre toga već tucali. I to baš tu, u salonu. Imala je nekog momka, ozbiljnu vezu, ali je volela da se jebe sa mnom. Ni ona ni ja nismo očekivali ništa od naše veze. Samo smo se jebali skoro svaki dan, nekoliko meseci, i uživali u tome. Onda sam ja nekako prestao da odlazim kod nje. Našao sam neke druge i jednostavno otišao bez objašnjenja. Mislio sam da nije ni važno da joj bilo šta govorim, jer ionako nismo ni bili u vezi. Ali tog dana mi je bilo žao što joj svo to vreme nisam ni poruku poslao.

Mladić iz stolice pored nje je ustao, platio i izašao napolje. Ona se okrenula ka nama.

”Komšiji treba šišanje”, rekao sam.

Pogledala je u njega i pokazala na stolicu. On me je zbunjeno pogledao, a onda polako ustao i seo pored nje. Spustila je dlan na njegovo rame.

”Hoćemo isto kao i uvek?”

Znači, on joj je redovna mušterija. Nije ni trebalo da me to začudi. Sigurno se dugo ložio na nju. Verovatno je zbog toga i dolazio u salon. Zavalio sam se dublje u naslon i pustio da mi se kurac potpuno digne dok sam je gledao. Posmatrala me je u ogledalu sve duže dok je zbunjeno i nervozno obigravala oko komšije. Primetila je i kad sam se uhvatio za kurac. Činilo mi se da je coknula jezikom zbog toga. Po prvi put mi se učinilo da je možda besna. I da je možda ipak neću više jebati.

”Marija”, tiho sam progovorio.

Podigla je pogled ka meni.

"Dođi da te pitam nešto"

Ponovo je skrenula pogled ka komšijinoj kosi i nastavila da ga šiša. Trudila se da me ignoriše, ali nije mogla da izdrži. Ponovo je coknula jezikom i krenula ka meni.

"Što si došao?"

Šaputala je da komšija ne čuje, ali je delovala besno. Sačekao sam da se nagne ka meni, a onda sam prošaptao.

"Hoću da te jebem"

Posmatrala me je ćutke. To je bio deo naše stare igre. Ja bih ušao u salon, posmatrao je kako šiša nekoga, a onda bih je pozvao i prošaptao joj tako nešto – "došao sam da te jebem", "jebaću te na prvoj pauzi", "hoću da te naguzim"... Volela je to, ložilo je. Ali tog dana, samo me je ćutke gledala. I ja sam posmatrao njene plave oči. Onda je odmahnula glavom i uspravila se.

"Nema šanse"

Vratila se ka mušteriji i nastavila da ga šiša. Bio sam razočaran. Bio sam siguran da je i dalje raspoložena za mene. Ali zašto bi bila? Ja sam taj koji je otišao bez reči. Posmatrao sam je. Kurac mi je i dalje bio dignut, napalila me je kao nikad do tad. Toliko sam želeo da je jebem da nisam odmah primetio promenu kod nje. Hod joj je postao nekako nestabilan, išla je sitnim koracima oko stolice, dok je izgledalo kao da joj kolena pomalo klecaju. Isto tako je izgledala i ranije kad sam dolazio da je jebem. Nasmešio sam se sa olakšanjem i polako ustao.

Došao sam do vrata i zaključao ih. Kad sam se ponovo okrenuo ka njima, video sam da me oboje začuđeno gledaju. Nisu se pomerali, činilo se kao da su prestali da dišu. Krenuo sam ka njima i njihovi pogledi su ponovo bili upereni u ogledalo. Oboje su se pretvarali da me ne vide, i da nije čudno što sam zaključao vrata. Čuo se brz, nervozan zvuk zveckanja makazica. I Marijine grudi su se brzo podizale ispod plave majce. Stao sam tačno iza nje. Odmerio sam je pogledom u tišini, prešao preko njenih dugih golih nogu, glatkih butina i zgodnog dupeta.

Pogledao i njen uzak struk, a onda sam podigao pogled ka ogledalu. Stajala je nepomično i netremice me je posmatrala. Tačno je znala šta će se desiti i delovala kao da ne može da veruje da sam toliko napaljen.

Zavukao sam ruke ispod njenih laktova i zgrabio je za sise. To je bilo tako brzo da je ona glasno zastenjala i na trenutak zatvorila oči. Podigla je stopalo sa poda i stegnula kolena jedno uz drugo. Na trenutak je delovala kao da uživa. A onda sekund kasnije, ponovo je širom otvorila oči i zapanjeno me pogledala.

"Šta radiš to? Pusti me!"

Pokušala je da se iskobelja iz mog zagrljaja. Shvatio sam da je to predstava za komšiju. Pocrvenela je u licu, možda se i stvarno postidela.

"Izvinite komšija, ja ga jedva poznajem. Pusti me bre"

Okrenuo sam je ka sebi i naslonio na deo ispred ogledala. I dalje je nešto pričala, ali više nisam obraćao pažnju. Jednom rukom sam otkopčao šlic i brzo ga izvadio. Uhvatio sam je za ruku i stavio je između nogu. Čim je osetila kurac u dlanu prestala je da se otima. Pogledala me je i u tišini polako pomerala ruku po njemu. Onda mi je drugom rukom snažno udarila šamar.

"Ovo ti je za ono što se nisi javio"

Odmah nakon toga zadigla je suknju. Sklonila je gaćice u stranu i pogledala me.

"Jebi me sad", prošaputala je.

Gurao sam ga polako u nju. Stavila je ruke na moja ramena i zatvorenih očiju ga primala. Tiho je stenjala.

"Kako mi je nedostajao"

Jebao sam je polako i u tišini. I meni je izgleda nedostajala njena pička, prijalo mi je da je opet jebem. Držao sam ruke oko njenog struka i uživao.

Odjednom se trgnula. Otvorila je oči i pogledala u stranu. Izgleda da je bila potpuno zaboravila na komšiju. I dalje je sedeo u stolici i posmatrao nas. Marija se malo odmaknula. Video sam da joj je lice pocrvenelo od stida. A onda smo oboje primetili kako je platno koje je prekrivalo komšiju brzo poskakivalo. Marija se ispružila ka njemu i otkrila ga. Glasno je uzdahnula od iznenađenja kad je to videla. Komšija je imao veliki kurac. Prekinuo je drkanje, izgledao je zbunjeno kad ga je tako naglo razgolitila.

Ona se nasmešila. Crvenilo je nestalo sa njenog lica i ponovo je postala devojka koju sam poznavao. Posmatrala ga je kako drka a onda je zadigla kratku plavu majcu i pokazala mu svoje gole sise. Milovala je svoje male nabrekle bradavice i izgledala kao da joj prija što je tako napalila redovnu mušteriju. Komšija se opustio, ponovo je počeo da drka dok su se gledali. Marija je podigla ruku i pozvala ga prstom. Još mu se i osmehnula.

”Dođite”, rekla je uz osmeh.

Izgledala je kao da ga pita da li i on hoće kafu ili sok, toliko je bila prijatna i ljubazna. Ja sam je i dalje jebao, ali ona nije obraćala pažnju na mene. Čim je stao pored nas, dlanom mu je pomilovala velika jaja. Gledala ga je pravo u oči dok joj je dlan prešao na milovanje kurca. Drugom rukom uhvatila je moj kurac i izvadila ga iz sebe.

Drkala nam je obojici. Polako, da bi što duže uživala u tome. Prelazila je pogledom s jednog na drugi kurac, a onda podigla pogled ka nama. Gledala nas je obojicu, pomalo stidljivo, pomalo nevaljalim pogledom, kao da se pitala koji će od nas dvojice prvi da je izjebe. Delovala je kao da jedva čeka da je obojica izjebemo. Znao sam da joj to ne bi bila prva trojka.

Uzela ga je za ruku i postavila mu dlan na svoju sisu. Polako joj je milovao bradavice, kao da se plašio da negde ne pogreši. Verovatno nije mogao da zamisli da će ovako da se završi naša poseta njegovoj omiljenoj frizerki. Slušao sam ga kako zadodovoljno dahće dok mu je drkala.

Nisam bio toliko oduševljen da je jebem dok neki muškarac stoji pored nas. Želeo sam da mi Marija izdrka, da brzo završim i da se sklonim i pustim ih da se jebu bez mene. Ali nisam mogao da svršim. Ona mi se i dalje sviđala, ložila me je i jebao bih je uvek. Ali smetalo mi je komšijino napaljeno dahtanje pored sebe, njegovi prsti na Marijinim sisama su mi odvlačili pažnju.

A onda sam se setio njegove žene. Zamislio sam kako je ona između nas, i odjednom mi više nije smetao. U mislima sam video njeno napaljeno lice ispred sebe dok nam je obojici drkala. Uhvatio sam Mariju za struk a drugom rukom izvadio kurac iz njenog dlana. Brzo sam ga ponovo nabio u nju. Pogledala me je iznenađeno. Nije očekivala da je odmah tako napaljeno jebem.

Zamišljao sam kako silovito ulazim u komšinicu dok ona drka kurac svom mužu. To je bio jedini način da mi on ne smeta. Zatvorio sam oči i u mislima jebao njegovu ženu, gledao njeno napaljeno lice dok mi je uzvraćala pogled. Zamišljao sam kako me je posmatrala, iznenađena što me je toliko napalila, mogao sam da čujem njeno dahtanje dok sam se nabijao u nju.

Otvorio sam oči kad sam osetio da sam blizu svršavanja. Marija se već bila savila ka komšiji. Držala je ruku oko njegovog struka i pušila mu kurac dok sam je jebao. Uhvatio sam je za kosu i povukao ka sebi. Izvadila je kurac iz usta i kleknula. Sa usana joj je još uvek curila pljuvačka kad ih je prislonila na moj glavić. Gledala je mirno u kurac i čekala.

Držao sam je za kosu i zastenjao. Gurnuo sam joj kurac između usana. Svršavao sam misleći na komšijinu ženu i punio Marijina usta. Spremno je gutala spermu, dok je komšija napaljeno trljao glavić o njen obraz.

Kad je progutala sve, napravila je krug jezikom oko glavića i uvukla ostatke sperme u sebe. Podigla je pogled ka meni, skupila svetlucave vlažne usne i poslala mi poljubac. Onda se odmah okrenula ka komšijinom kurcu i stavila ga u usta. Zakopčao sam pantalone i izašao napolje. Nije mi bilo zanimljivo da gledam kako se jebu.

Petnaestak minuta kasnije, vrata su se otvorila. Oboje su izašli napolje. Prišao sam Mariji i poljubio je u obraz.

”Bilo je odlično. Kao i uvek”

Držao sam ruku oko njenog struka. Posmatrali smo se nekoliko trenutaka. Kad sam krenuo, stidljivo je prošaptala.

"Navrati nekad. Nemoj opet da se ne javiš"

Klimnuo sam glavom.

"Navratiću"

Stvarno sam to i mislio.

Komšija mi nije rekao ni reč od kako je izašao iz salona. Samo se osmehivao. Izgledao je kao da ne može da skine osmeh sa lica, smeškao se u tišini sve do ulaza u našu zgradu. Rastali smo se u liftu, izašao sam na svom spratu, on je posegnuo rukom u džep i izvadio novac. A onda kao da se nečeg setio, vratio je novčanice u džep i pozvao me u lift. Popeli smo se do sprata iznad i ušli u njegov stan. Rekao mi je da sačekam kod vrata, a onda nestao negde unutra.

Ubrzo se iz sobe pojavila njegova žena. Želela je da vidi ko je to došao. Bila je malo iznenađena kad je videla da sam to ja. Pozdravila me je i ćutke izdržala moje odmeravanje pogledom. Nosila je uske pantalone i kratku majcu, izgledala je kao da je tek stigla od nekud. Pomalo zbunjena ponudila me je pićem, ali je komšija došao pre nego što sam stigao da odgovorim. Sačekao je da mu žena ode, pa je iz džepa izvadio sumu koja je bila tri puta veća od dogovorene. Hteo sam nešto da kažem, ali mi je prijateljski stavio ruku na rame.

"Puno ti hvala"

Klimnuo sam glavom. Izgleda da mu je ono jebanje stvarno bilo potrebno.

Prošlo je nekoliko dana pre nego što se ponovo javio. Već sam mislio da mi je već dao sve poslove ili zadatke. A onda je telefon zazvonio. Pozvao me je da dođem. Na brzinu sam se presvukao, sredio i namirisao. Sređivao sam se za njegovu ženu.

On mi je otvorio vrata. Odmah mi je rekao da uđem unutra i poveo ka svojoj sobi. Usput sam se umalo sudario sa njegovom ženom. Izlazila je iz kuhinje baš kad sam prolazio. Nismo se ni dodirnuli, zastali smo na trenutak pre. Stajali smo nekoliko santimetara jedno od drugog. Osetio sam njenu blizinu, i miris njenog tela. Ruka mi je refleksno stala oko njenog struka. Bila je iznenađena zbog susreta, a onda me je nakon dodira ruke pogledala nekako čudno. Njen muž je i dalje hodao ispred mene, ka sobi. Pomilovao sam je polako po struku dok smo se posmatrali, a onda sam povukao ruku ka sebi i nastavio za njim. Na vratima sam se ponovo okrenuo ka njoj. I dalje me je gledala.

On je stajao pored prozora sobe. Čim sam zatvorio vrata, pokazao je na nešto napolju.

"U onom tamo stanu... To je tvoj sledeći zadatak. Ne znam kako bih ti drugačije objasnio, ne znam kako se zove"

Prišao sam i pogledao u to što je pokazivao. Zgrada preko puta, stan na istom spratu kao i njegov. Trebalo mi je nekoliko trenutaka da se setim. Pomislio sam kako to ponovo neće biti teško.

"Aha. Nije problem. Već smo se nešto bili muvali, još kao klinci"

Pogledao me je začuđeno.

"Kako misliš kao klinci?"

"Pa ono, tu ispod zgrade..."

Onda je on shvatio.

"Ma ne... Ne mislim da ćerku. Mislim na njenu majku"

"Aaaaaa, to"

Klimao sam glavom. E pa to će već biti problem. Pretvarao sam se da će sve biti u redu, ali sam odmah znao da su male šanse. Sa njenom ćerkom sam se jednom povatao, davno, onako klinački i nespretno. Posle smo se nešto i muvali. Ali možda baš zbog toga, njena mama me nikad nije volela. Bila je razvedena i verovatno slobodna, ali znao sam da nemam nikakve šanse kod nje.

Zbog toga sam nekoliko narednih dana provodio ne u planiranju kako da završim taj jebački posao kojeg mi je poverio komšija, nego u smišljanju opravdanja zbog čega to nisam uradio. A onda sam na ulici sreo tu svoju bivšu klinačku "devojku". Izlazila je iz svoje zgrade kad me je ugledala. Lepo smo se pozdravili, malo popričali, a onda je ona nastavila svojim putem. Dok sam gledao za njom, razmišljao sam o njenoj mami i o tome kako bih ipak mogao da pokušam.

Ušao sam u zgradu i stavio naočare pre nego što sam pozvonio na vrata. Da pokažem komšiji barem kako sam razgovarao sa njom. Već sam bio spremio priču ali kad je otvorila ostao sam bez teksta. Nisam je video godinama, i sve me je tad iznenadilo. Prvo iznenađenje bio je njen osmeh, to što mi se uopšte osmehivala. Nisam to očekivao. Drugo je bio njen izgled. Skratila je svoju plavu kosu, imala je skoro mušku frizuru i lepo joj je stajala. Ranije sam je uvek viđao u suknjama i nikad nisam obraćao pažnju na to kako izgleda. Tog dana je bila starija nego što sam je pamtio, ali je ipak izgledala daleko zgodnija. Na sebi je imala usku narandžastu trenerku, sa belim iskrzanim trakama sa strane, koja je bila pripijena uz njene noge kao helanke. Nosila je belu atlet majcu ispod koje se nazirao plavi brushalter.

Ona se i dalje smeškala. Izgledala je kao da razume moju zbunjenost.

”Dobar dan, jel Vesna tu?”

”Nije. Ali ajde uđi, doći će uskoro”

Na sredini sobe stajao je veliki usisivač kojeg je sklonila kad sam ušao. Izgleda da sam je prekinuo u spremanju. Tek tad sam primetio da su joj ramena i lice svetlucali od znoja. Seo sam na kauč i ona mi je donela sok. Pričala je lepo sa mnom, raspitivala se kako sam, šta radim i kako idu studije. Nije bilo ništa od one netrpeljivosti koju sam očekivao. Ako je ikada i postojala. Onda smo prešli na priču o njenoj ćerki. Pričala mi je kako je ona, šta radi... Setila se i da smo Vesna i ja neko vreme bili bliski, i zadirkivala me je zbog toga.

Onda je odlučila da donese njene slike da mi ih pokaže. Do tad sam se trudio da ne pokazujem odmah i previše svoju uzbuđenost, ali to više nisam mogao da sakrijem. Sela je pored mene, otvarala albume i pokazivala slike dok su nam se ramena i butine dodirivali. Bilo je raznih fotografija, na mnogima su bile i zajedno. Ispod albuma, kurac mi se bio digao. Nije bilo šanse da to sprečim ili sakrijem, ili nije postojala mogućnost da to ona nije primetila. Svaki put kad bi uzela novi album, sklonila je stari sa mog krila, i videla da je svo vreme stajao na mom dignutom kurcu.

Pretvarala se da to ne primećuje. Mislila je da se ložim na nju ćerku i da je to normalno. Nije joj padalo na pamet da sam tu došao zbog nje i da me je ona napalila. Dok smo gledali poslednji album, kao da se iznenada setila. Lupila me je po butini i ustala.

"E, mogla bih da je zovem"

Pre nego što sam bilo šta mogao da kažem, uzela je telefon. Pitala je Vesnu gde je i hoće li skoro, rekla joj je da sam ja došao i da je čekam. Čim je to izgovorila znao sam da će joj Vesna reći da smo se već videli. Njena mama je iznenađeno podigla pogled ka meni.

"Ahaaaa... Dobro. Ne, nisam. Pa dobro, kad god hoćeš, da..."

Polako je hodala ka meni dok je pričala sa ćerkom. Svo vreme me je gledala u oči, nekim drugačijim pogledom. Videlo se da je shvatila da nisam došao zbog Vesne.

"Evo ti on pa pričajte"

Stala je ispred mene i pružila mi slušalicu. Njena ionako kratka majca se još više podigla na gore. Pred mojim licem su se još više otkrila njena bedra i međunožje. Nije nosila gaćice ispod tanke trenerke. Lepo sam ispred sebe mogao da vidim kako se kroz tkaninu ocrtavaju njene usmine. Primetio sam i jedan mali tamniji deo na trenerci. Nekoliko kapljica njenih sokova je ostavilo trag i lepo pokazali njenu sočnu pičku. Toliko sam se bio trudio da od nje sakrijem svoju napaljenost, da nisam primetio da se i ona naložila. Kad sam uzeo telefon ostala je da stoji ispred mene. Izgledala je zbunjena, kao da ne zna šta da radi. Držao sam slušalicu u ruci i tek tad postao svestan da svo vreme zurim u njenu pičku.

Tek tad sam čuo Vesnin glas iz slušalice, nekoliko puta je ponovila moje ime. Dok sam joj odgovarao, gledao sam kako se njena mama spušta na kolena između mojih butina. Trenutak pre toga je izgledala kao da će da se okrene od mene. A onda na trenutak pogledom prešla preko mog dignutog kurca i odustala od toga. Odlučno je kleknula i odmah bez blama i oklevanja počela da mi otkopčavala šlic. Kad ga je izvadila i uzela u ruku, dobro ga je osmotrila i zadovoljno se osmehnula. Nekoliko puta se njime lupila po obrazu, pogledala me je, pa je jezikom prešla po njemu čitavom dužinom.

Znala je to da puši kurac. Oblizivala je glavić, palacala jezikom po njegovom vrhu, a onda ga čitavog gutala i nabijala se na njega. Sve vreme me je gledala i uživala u mom mučenju. Uhvatio sam je za glavu, dok sam drugom rukom grčevito stezao slušalicu i trudio se da Vesna ne provali šta se dešava. Ona je pričala, ja sam samo izgovarao kratke reči, ali i tako je bilo teško sakriti da mi njena mama upravo puši kurac.

Ona ga je izvadila iz usta i ustala. Polako, da bih što više uživao, svukla je trenerku sa svojih bedara. Nekoliko sekundi pustila je da uživam u pogledu. Imala je lepu pičkicu, preko koje su bile kratko podšišane plave dlačice. Skoro nesvesno sam joj se približio i poljubio je dok sam slušao Vesnin glas iz slušalice. Polizao sam je jedanput dok mi je držala dlan na glavi. Želeo sam da nastavim, ali ona se brzo odmaknula. Skinula je trenerku sa svojih članaka i opkoračila me. Oslonila se rukom na moje rame i posmatrala kako nameštam kurac na njen otvor.

Kad se spustila na njega i počela da me jaše, znao sam da neću moći da izdržim. Rekao sam nešto Vesni i dao slušalicu njenoj mami. Očekivao sam da i ona odmah prekine razgovor, ali ona je mirno nastavila. Bila je pravi profesionalac u tome. Nabadala se brzo na kurac, otvorenih usta i uzbuđena, ali joj je glas bio savršeno miran. Uzbudilo me je to što Vesna nije imala pojma da njena mama divlje skakuće po mom kurcu dok pričaju. Pokušavao sam da čujem njen glas iz slušalice i milovao male čvrste sise svoje jebačice. A onda više nisam mogao da izdržim. Kad je videla da hoću da ustanem, brzo je izvadila kurac iz sebe i ustala.

Uhvatio sam je za dlan i povukao dole. Još uvek je pričala sa Vesnom kad joj je prvi mlaz sperme zapljusnuo lice. Osmehnula se zadovoljno zbog toga i zatvorila oči. Sedeo sam na njenom kauču i uživao dok sam je prskao. Nisam mogao da verujem da ranije nisam primetio koliko je jebozovna. I koliko voli da se jebe. Drkao sam ga divlje sve dok poslednja kap nije iscurila iz njega. Otvorila je oči i oblizala usne. Oslonila je dlan na moju butinu i malo se savila ka meni. Polizala je kurac čitavom dužinom, a onda ga je uzela u dlan. Pomalo odsutno ga je drkala dok je pričala sa Vesnom. Prelazila je jezikom preko jaja u pauzama priče.

Držao sam ruku na njenim leđima, drugu sam oslonio na njenu glavu. Kurac mi se jedva malo spustio kad sam opet dobio želju. Morao sam još jednom da je izjebem. Kad je pokušala je da ustane, uhvatio sam je za glavu i povukao nazad. Približio sam je sebi i pokušao da joj gurnem kurac u usta. Oslonila je oba dlana na moje kukove i pokušala da se odmakne. I dalje je pričala, dok je pokušavala da se odgurne od mene. Nisam joj dozvolio. Navukao sam je bliže kurcu. Osetio sam kako se njene tople usne skupljaju oko mog glavića, milovale su ga dok je izgovarala reči. I dalje sam uporno držao kurac u usta, navlačio je na sebe i pokušavao da joj ga nabijem u usta. Kad je shvatila koliko sam napaljen, odustala je od priče, prekinula je u pola rečenice.

”E, moram da idem sad... Važi, čekamo te”

Čim je prekinula vezu, sama se nabila ustima na kurac. Jedan dlan je obuhvatila oko njega, dok je brzo pušila ostatak. Držao sam ruke na njenoj glavi, prelazio rukom preko njene kratke plave kose i glasno stenjao. Čim je postao potpuno tvrd u njenim ustima, izvadila ga je iz sebe. Malo ga je drkala dok me je gledala u oči, a onda je ustala. Otišla je do drugog kauča, legla na njega i raširila noge. Pozvala me je prstom ka sebi. Skinuo sam sve sa sebe i legao preko nje.

Uzela je kurac prstima i malo ga protrljala po vlažnoj pički. Zatvorila je oči kad sam ga do kraja gurnuo u nju. Jebali smo se na kauču u njihovoj dnevnoj sobi. Sa njenog lepog lica joj se još uvek polako slivala moja sperma. Tišinu sobe remetilo je jedino njeno tiho stenjanje. Onda je odjednom zazvonio moj telefon. Ignorisao sam ga dok nije prestao, ali onda se ponovo čuo isti zvuk. Nevoljno sam ustao i uzeo ga iz pantalona.

”Dobro je jebeš”

Komšija je ipak gledao uživo.

”Sviđa mi se kako joj gnječiš sise, to je lepo videti”

Napravio je pauzu. Nisam znao šta da kažem.

"Drago mi je. I meni je to zanimljivo"

Seo sam pored nje. Drugom rukom sam je uhvatio za sisu i lagano je stezao, da bi komšija to video. I pored toga što mi se komšinica sviđala, ipak sam to radio i za novac.

Čuo sam kako je zadovoljno zastenjao. Stvarno mu se sviđalo to vatanje za sise. Nastavio je nakon nekoliko trenutaka.

"Hoću da je sad odvedeš to prozora i da je naguziš tamo"

"Ne znam kako to da..."

"Lepo, sad je uhvatiš za ruku, povedeš do prozora i gurneš joj od pozadi. I onda otvori prozor, da vas bolje vidim"

Brinuo sam da će nešto da joj postane sumnjivo, ali sam ipak tako uradio. Ustao sam i pretvarao se da sam udubljen u razgovor, a onda sam joj samo pružio ruku i pomogao da ustane. Onda sam je kao rasejano odveo do prozora i okrenuo je ka njemu. Svo vreme sam pričao na telefon.

"Da, dobro važi. Javi se onda neki drugi put, dogovorićemo se. Ajd, ćao"

Već sam je guzio i pre nego što sam prekinuo vezu, bilo je lakše nego što sam očekivao. Lupkao sam je bedrima po butinama, kad je ona progovorila.

"E, a što smo mi ovde?"

"Sviđa mi se da vas... ovde"

I dalje sam joj persirao, nisam znao kako da koristim reči.

"Misliš da me guziš ovde?"

Ćutao sam. Samo sam joj u tišini gnječio sise i nabadao se u nju. Onda sam pogledao napolju. Sa njenog prozora lepo se videla moja zgrada. Tek tad sam se setio da je komšija tražio da otvorim prozor. Kad sam pokušao da to uradim, komšinica me je zaustavila.

"Nemoj"

"Zar nije uzbudljivo to što neko može da nas vidi?"

"Neko nas već gleda"

Podigao sam pogled na prozor kog mi je pokazala prstom. Iza njega jedva se videla silueta. Bio je to komšija. Stajao je tamo i posmatrao nas. Znao sam da drka dok nas gleda.

"Ko je to?" pitao sam.

"Ne znam. Stalno me gleda"

"Hoćete da ga zovemo? To je neki moj komšija sigurno..."

"Ma ne... Samo volim da ga ložim, onako, iz daljine"

Nasmejala se i uspravila malo. Prelazila je dlanom preko pičke dok je gledala ka njegovom prozoru.

"Šta misliš, jel drka dok nas gleda?"

"Ne znam. Verovatno"

Zadovoljno je zastenjala. Izgleda da joj je to stvarno prijalo. Posmatrala je njegov prozor joj neko vreme, a onda se prenula. Podigla se na prste i izvadila kurac iz sebe. Okrenula se ka meni.

"Treba da požurimo, Vesna se uskoro vraća"

Ponovo sam ga gurnuo u nju. Stavila je ruke oko mog vrata i gledala me pravo u oči dok sam je jebao. Obuhvatio sam je rukama oko struka. Nisam mogao da verujem da je jebem. Do pre pola sata verovao sam da me ona ne podnosi. O njoj sam razmišljao samo kao o Vesninoj mami, koja ni zbog čega nije zanimljiva. Nisam mogao ni da zamislim da ću je jebati. A ispred mene je tad bila jebozovna lepa žena raspoložena za seks kao neka moja vršnjakinja. I izgledala je tako. Držao sam joj ruke oko struka i jebao sve brže. Nije skidala pogled sa mene. Verovatno je i ona imala neka svoja, slična razmišljanja. Možda ni ona nije mogla da veruje da je tuca Vesnin bivši dečko. Verovatno je to ložilo. Prišao sam joj bliže i poljubio je. Osećaj da se ljubim s njom me je previše uzbudio, njen topli jezik me je doveo bliže ka vrhuncu.

Osetila je da ću da svršim. Izvadila je kurac iz sebe i kleknula. Odmah ga je uzela u usta. Istog trenutka sperma je počela da šiklja iz mene. Glasno sam stenjao, nije razmišljao da li će neko čuti. Ona ga je jednom rukom drkala dok je nepomično klečala i gutala tečnost.

"Kako si dobra pička, kako si dobra pička..."

Neprekidno sam ponavljao dok sam svršavao. Nisam više brinuo za persiranje.

Kad je ustala, pogledala me je i oblizala usne. I dalje se nekako koketno smeškala. Kao da joj je sve ovo bilo zanimljivo, to što je naložila nekog Vesninog vršnjaka da je tako izjebe.

Na brzinu smo se obukli, obrisala je spermu sa obraza i krenula ka kuhinji.

"Može sok? Kafa?"

Čim je to izgovorila, čuo sam kako su se otvorila ulazna vrata. Vesna se vratila. Iznenadila se kad je videla da sam još uvek tu. Osetio sam se kao krivac. Kao da sam je prevario. Mama joj je prišla i poljubila je u obraz. Onim usnama koje su još uvek verovatno bile lepljive od moje sperme. I ona je verovatno imala neki osećaj krivice.

"Malo smo se zapričali komšija i ja. Pokazala sam mu i tvoje slike"

Vesna je sela na kauč na kome smo se do malopre jebali. Trudila se da sakrije svoju neraspoloženost. Znao sam da je odmah provalila šta se desilo i šta smo radili pre nego što je ona ušla. Njena mama i ja smo i izgledali kao da smo se upravo izjebali. Koliko god da smo to hteli da sakrijemo, još uvek smo bili zadihani i oznojani, a verovatno smo tako i zračili. To nije moglo da se sakrije. Sedeo sam kratko, a onda pogledao na sat i odglumio da negde moram da idem.

Vesnina mama se trudila da bude uzdržana prema meni. Nije me više gledala i ponašala se kao da se ne poznajemo.

"Vesna isprati komšiju"

Ćutke smo došli do vrata. Okrenuo sam se i hteo nešto da kažem, ali me je ona preduhitrila.

"Sledeći put kad budeš dolazio, dođi zbog mene. Ili nemoj da dolaziš"

Pogledao sam je. Delovala je ozbiljno. Klimnuo sam glavom i ona je zatvorila vrata.

Komšija je bio više nego zadovoljan. Dogovorili smo se da se vidimo za nekoliko dana. Ali sam pre toga video njegovu ženu. Bio sam daleko od nje na ulici, ali sam sam iz daljine prepoznao njenu figuru i korak. Ulazila je u zgradu, i nosila nešto u ruci. Potrčao sam ka njoj najbrže što sam mogao. Stigao sam trenutak pre nego što su se vrata lifta zatvorila, čak ih je i zadržala da bih mogao da uđem. Zahvalio sam se i stao iza nje, još uvek zadihan. Ona mi se samo javila, a onda se okrenula ka vratima.

U ruci je nosila veliku kesu, dolazila je iz prodavnice. Na sebi je imala uske braon somotske pantalone, koje su lepo ocrtavale njenu guzu. Gore je nosila kratku crnu kožnu jaknu, ispod koje je virila bela bluza sa nekim raznobojnim šarama. Savijala se preko vrha njene oble guze. Kurac mi se digao. Sve što sam video ispred sebe me je prosto pozivalo da je dodirnem. Ispružio sam ruku ka njoj i stavio dlan preko pantalona. Tiho sam uzdahnuo kad sam osetio oblu, tvrdu guzu. Primetio sam kako se trgnula zbog dodira. Ali nije ništa rekla, nije se ni okrenula. Topli somot je bio tako mek ispod mojih prstiju dok sam joj milovao čvrsto dupe. Blago sam je stegnuo nekoliko puta dok sam drugom rukom dodirnuo kurac.

Ona se nije bunila, pretvarala se da se ništa ne dešava. Činilo mi se da me je pustila da radim šta god hoću. Mislio sam da joj se to sviđa. Već sam zamišljao porno film u glavi, i pitao se kako da nastavim. A onda se lift zaustavio. Koraknula je ka hodniku, a onda se okrenula ka meni. Njeno lice je bilo ozbiljno.

"Ako ovo uradiš još jednom, kazaću mužu šta se desilo, pa onda njemu objašnjavaj zbog čega si bezobrazan"

Entuzijazam mi je naglo splasnuo. Zbunjeno sam je posmatrao dok je odlazila. Vrata lifta su počela da se zatvaraju.

"Nisam bezobrazan nego napaljen"

Istog popodneva zvonio sam na njihova vrata. Njen muž me je pozvao. Ali i ja sam svejedno imao razloga da ga vidim. Hteo sam da ga pitam da mu jebem ženu. Ne tim rečima naravno, ali to je suština. Više nisam mogao da izdržim. Već sam isplanirao čitav govor, i da u to uključim to što je on tucao moju bivšu devojku, pa da mu to predstavim kao slično. Kao, ako je on jebao moju devojku, nije fer da ja ne jebem njegovu. Bio sam toliko napaljen da mi je ta priča delovala logično.

Ona ih je otvorila. Više se nije smeškala, ali nije ni izgledala kao da je ljuta zbog onoga u liftu. Samo me je ponovo gledala nekako ozbiljnije, i držala distancu. Verovatno joj one priče njene prijateljice o meni više nisu delovale simpatično i bezazleno, onda kad je shvatila da mogu da se dese i njoj ako dozvoli da joj se približim. Dovela me je do sobe svog muža, a onda se okrenula i bez reči otišla.

Komšija mi je dao novac, pričao mi je kako je bio oduševljen snimkom, i zanimao se za moj odnos sa Vesnom. Pitao me je da li planiram da probam da je smuvam, i da li mislim da ponovo idem kod njene mame. Nisam znao da li ga to stvarno zanima, da li hoće da ponovo snimim neku od njih, ili je samo hteo da ćaskamo.

Prekinula nas je njegova žena. Donela je kafu, stavila je na sto, i bez reči otišla. Tog puta gledao sam za njom sve dok nije zatvorila vrata. Onda sam pogledao komšiju. Primetio je kako je gledam.

”Jel ti se sviđa ona?”

Progutao sam knedlu.

”Pa... Da, lepa vam je žena”

”Ne pitam te to. Pitam, jel bi je tucao?”

”A, to...”

Uzdahnuo sam. Hteo sam da mu kažem ono zbog čega sam došao, da mislim da bi bilo u redu da sad jebem i njegovu ženu, nakon svih onih koje je on tražio, da mu kažem da je ja poštujem ali da moram... Ali nikako nisam uspevao da pronađem reči. Odjednom mi je sve to delovalo glupo, i plašio sam se kako bi on reagovao na tu priču. On me je posmatrao i čekao odgovor. Mislio je da me je previše zbunio pitanjem i da zbog toga oklevam. Odmahnuo je rukom.

”Imam jedan novi zadatak za tebe. Ali, malo je drugačiji od ovih do sad”

Nekako mi je bilo laknulo što smo se ostavili njegove žene.

”Kako drugačiji?”

”Ovo je udata žena”

”Uffff... Ne znam sad. Malo mi je bezveze. I ne znam da li je to u redu”

”Mislim da jeste. Zato što toj ženi treba neko mlađi, da je prodrma”

”A šta ako njen muž sazna?”

”Šta bi rekao ako bi znao da muž ne bi imao ništa protiv?”

”Kako bih to znao?”

”Pa evo...”, zavalio se u naslon fotelje ”Meni ne bi smetalo”

Posmatrao sam ga zbunjeno nekoliko sekundi. Prvo nisam mogao da prihvatim to što je rekao, a onda sam shvatio, ali nisam mogao da verujem. Zbog te moje duge pauze je verovatno pomislio da sam malo priglup.

”Hoću da jebeš moju ženu”

I dalje nisam mogao ništa da izgovorim. Sačekao je da klimnem glavom, da bi shvatio da sam razumeo.

”Treba joj to. Mi malo slabije to, malo ređe sad to radimo, pa joj nedostaje. Ona je i mlađa od mene. A njena drugarica ti je već objasnila da je nekad volela da to često radi”

”A što ja?”

Uzdahnuo je.

”Pitao sam je da li hoće da platim nekome da dođe, nekom mladiću. Nije htela. Onda sam joj rekao da može slobnodno sama da nađe nekog. Zato što znam da može. Ali ona neće. Pa sam rekao da uzme nekog od svojih udvarača, ili starih ljubavnika, nekoga iz srednje ili fakulteta. Ništa. Neće da prevari muža kaže”

”Pa to je lepo”

”Jeste lepo, ali nije dobro za nju. Treba da oseti kurac povremeno, da oseti muškarca. Pa sam se onda setio tebe”

Baš mi je drago, pomislio sam.

Pričao je kako misli da bih joj se ja svideo, i da računa na to. Onda je pozvao, kao da donese komšiji sok, pa se ona prošetala još dva puta ispred nas. Nije ni slutila da pričamo o njoj, i nije ni slutila kakve planove pravimo za nju. Komšija je posmatrao kako se ona ponaša prema meni, i kako je ja gledam. Izgledao je zadovoljan. Meni se digao kurac, znači da sam bio zadovoljan. Dogovorili smo se da za nekoliko dana dođem kod njih, a on će sve isplanirati.

Dogovorenog dana bio sam pred vratima. Namirisan, sređen i željan komšinice. Tih nekoliko dana sam se čuvao, nisam ni prilazio nekoj devojci. Želeo sam da se maksimalno predam njoj.

Iznenadilo me je što je on je otvorio vrata. Probao je da sakrije osmeh. Izgleda da je provalio koliko sam napaljen i raspoložen.

"Ona je u kupatilu. Sređuje se"

Posmislio sam da se već za sve dogovorio, da joj je rekao da dolazim, i zašto dolazim, i da se ona složila sa tim. Laknulo mi je zbog toga. Samom sebi sam izgledao kao žigolo, ali nije mi smetalo. Želeo sam je na bilo koji način, pa makar bilo i tako.

Ali nije bilo tako. Objasnio mi je da se ona sređuje jer misli da njih dvoje idu negde zajedno. Zadržaće se malo u stanu, kao zbog mene, a onda će njemu da pozvoni telefon, pa će morati da izađe. Tako ćemo ostati sami. Šta će se kasnije desiti, zavisilo je od mene.

Dok sam sedeo sa njim u dnevnoj sobi i čekao da izađe, osetio sam se kao klinac pred sastanak sa nekom važnom devojkom. Kurac mi se digao od same pomisli da treba da je jebem, i da sam dobio i dozvolu za to. Očekivao sam da će da se pojavi u nekoj haljini, ili suknjici. Nikad ranije je nisam video tako obučenu. Nisam znao gde joj je rekao da će ići, ni kako će se srediti za to.

Čuo sam zvuk potpetica i podigao pogled. Na vratima se pojavila ponovo u farmerkama. Bilo mi je zapravo drago da je tako vidim. Na to sam bio navikao i tako mi je bila najzgodnija. Imala je bele uske farmerke, visoke potpetice, neki veliki crveni kajš, belu košulju i smeđu kratku jaknu preko nje. Kosa joj je bila lepršava, tek oprana. Još uvek nije stavila dezodorans ni mirise, a opet je zamirisala celu sobu svojim mirisom. Zavrtelo mi se u glavi kad sam je ugledao.

Pozdravila me je, a onda je pogledala muža.

"Idemo?"

"Samo da na kratko popričam sa komšijom"

Pogledala me je na kratko. Ponovo je imala onaj isti pogled, kad se pitala kakav mi to zajednički posao možemo da imamo. Slegnula je ramenima, i nastavila da stavlja duge srebrne minđuše. Trenutak kasnije, komšiji je zazvonio telefon. Javio se.

"Pa jel mora sad? Ne može da čeka? Pa gde baš sad..."

Komšija je glumio razočaranje. Prekinuo je vezu i pogledao ženu. Raširio je ruke.

"Izvini, moram. Dolazim za pola sata, najviše. Pa onda idemo. Komšija, ti sedi tu, sačekaj me, završićemo ono kasnije"

Pogledao je ženu.

"Ne puštaj ga da ide nigde"

Kad je otišao, ona je uzdahnula, ali se odmah ubacila u ulogu dobre domaćice. Pitala me je da li hoću da popijem nešto, pa je donela dva soka. Sedeo sam na fotelji, a ona je sela na kauč. Pretvarala se da je zaboravila ono što se desilo u liftu.

Pričali smo o vremenu, pa me je onda pitala kako idu studije, da li izlazim, šta ima novo u gradu, koja su mesta popularna...

Razgovarali smo malo o tome, a onda je nastala pauza. Sedela je prekrštenih nogu. Krišom sam posmatrao njene butine dok sam se pitao šta da kažem. Primetila je moje poglede.

"Jel imaš devojku?"

Nije izdržala da me ne pita to. Možda je i stvarno zanimalo. Želela je da zna zbog čega se ložim na nju i dodirujem u liftu ako imam devojku.

Slegnuo sam ramenima. Mirno sam otpio malo soka, pa ustao da ga stavim na sto, a onda najnormalnije nastavio napred i seo na kauč pored nje. Nisam obraćao pažnju na njen začuđeni pogled.

"Nemam devojku. Pa pričala vam je valjda prijateljica o meni?"

"Nešto je pomenula"

"Ja sam razumeo da me je hvalila"

”Rekla je da si prespavao kod nje. Ne znam da li je to kompliment”

Pravila se nevešta. Bilo je odmah očigledno da joj je prijateljica ispričala sve detalje.

”I ona je meni pričala o vama. Hvalila vas je”

”Pa dobro, i jel ti ona sad devojka?”

Spustio sam dlan na njeno koleno.

”Bilo mi je lepo sa njom. Ja volim malo starije, iskusnije”

Gledala me je mirno. Pustila me je da držim ruku na njenom kolenu. Ustala je kad sam počeo da je pomeram preko butine ka njenom struku.

”Idem da skuvam kafu. Hoćeš i tebi? I sedi na onaj kauč tamo, sad će muž da mi se vrati”

Gledao sam kako je vrckavim hodom otišla od mene ka kuhinji. Nisam znao šta da radim. Sačekao sam par trenutaka, a onda krenuo za njom. Zastao sam na vratima. Još uvek je na sebi imala jaknu, i belu košulju koja je nestašno pokrivala vrh dupeta. Bila mi je okrenuta leđima, nije čula da sam ušao. Polako sam joj se približio. Stao sam sasvim blizu iza nje, a onda je od pozadi uhvatio za sise. Trgnula se iznenađeno i nesvesno zastenjala. Onda je ponovo spustila glavu i nastavila da gleda u džezvu sa vodom.

Priljubio sam svoj dignuti kurac o nju i trljao ga o njeno dupe. Istovremeno sam joj gnječio sise. Nisam mislio ni na šta, samo sam se prepustio uživanju. Ona je mirno stavljala šećer, zakuvala je kafu i promešala je. Okrenula je profil ka meni i progovorila mirnim glasom.

”Jel si ti sad očekivao da ćeš da me tucaš samo zbog toga što mi muž nije ovde?”

To me malo trgnulo. Odmaknuo sam se od nje. Izgleda da sam stvarno to očekivao. Mislio sam da je dovoljno da se pojavim, da će ona da padne na moj šarm, i da je već dovoljno željna da mi neće odoleti. Tad sam video da ovo neće ići kako sam zamislio.

Sipala mi je kafu u šoljicu, i pružila je ka meni.

”Izvoli”

Odmaknula se i krenula ka svojoj sobi.

”Možeš da sačekaš mog muža u dnevnoj sobi”

Sačekao sam nekoliko minuta, da ima vremena da razmisli. Onda sam došao do njene sobe, pokucao i ušao. Sedela je na bračnom krevetu i držala telefon u ruci. Ušao sam pre nego što je stigla bilo šta da kaže.

”Samo sam hteo... Bilo je malo bezveze, naglo, ono što sam uradio u kuhinji, ali...” Približio sam se krevetu i seo pored nje, ”Ali, mnogo mi se sviđate. Stvarno. Pa sam mislio... Muž vam nije ovde, mogli bismo da se malo... upoznamo”

Gledali smo se nekoliko trenutaka. Već sam mislio da sam našao put do nje kad je progovorila.

”Izlazi napolje”

”Molim?”

”Izađi, ili ću odmah da zovem muža”

Klimnuo sam glavom, uzdahnuo i izašao iz sobe. Bio sam siguran da joj se sviđam. Konačno sam prihvatio da nije tako.

Seo sam na kauč u dnevnoj i napisao mu poruku.

”Vaša žena vam je neverovatno verna. Odustajem, ne znam više šta da radim”

Telefon je odmah zazvonio. Glas mu je zvučao nekako ponosno, samouvereno. Bilo mu je drago što mu se žena nije dala tako lako. Ali nije odustajao od svoje ideje.

”Slušaj – nije nikakav problem. Dobro je što si probao, ali sad ćemo nešto drugačije. Idemo na plan be”

Nisam ni znao da postoji plan B. On je, naravno, poznavao mnogo bolje nego ja, i mogao je da pretpostavi da mi neće dati tako lako. Zbog toga je unapred već smislio rezervnu varijantu.

”Pozvaću je sad, i reći joj da dođe do prozora. Da sedim u kolima sam, da mislim na nju i da hoću da je gledam dok... Ono, znaš, tako ću joj reći. A ti za to vreme, ne znam, probaj nekako da joj priđeš. Nemoj da odustaješ, hoće ona, samo eto... Ne sme, ili ne zna kako...”

Nisam znao šta da kažem. Čovek je praktično tražio da mu silujem ženu. Jedino je njegovo verovanje da joj se sviđam davalo notu pozitivnosti u tu ideju. Kao, nije na silu ako joj se sviđam. Samo što ja više nisam verovao u to. Ali nisam dozvolio sebi da previše razmišljam o tome. Kurac mi je bio dignut isuviše dugo da bih mogao da razmišljam. Pristao sam i prekinuo vezu.

Samo što sam seo na kauč kad je ona izašla iz svoje sobe. Na sebi je još uvek imala jaknu. Bilo mi je to nekako simpatično, i dalje je verovala da se spremila za izlazak. Pogledala me je ovlaš dok je hodala ka prozoru.

"Evo, stižem. A što na prozor? Ahaaaaa...". Okrenula se ka meni, pogledala me a onda se ponovo okrenula ka napolju i nastavila tišim glasom, "Pa kako baš sad? Ne može da čeka? Dobro, evo me, tu sam"

Sedeo sam na kauču raširenih nogu i uživao u prizoru. Komšinica se naslonila na prozor i naguzila ka sobi. Stajala je na visokim potpeticama i lagano pomerala guzu levo i desno. Nije to radila zato što je želela da me zavede. Verovatno je već bila i zaboravila na mene. Slušala je ono što joj je muž pričao, šta god da je to bilo, i razgovarala sa njim.

"Aha. I kakva je atmosfera kod tebe? Mmmm, to je baš lepo"

Ustao sam i lagano otkopčao šlic. Polako sam joj prilazio. Bio sam opušten, tad sam već znao da ću je jebati. Stao sam iza nje i drkao. Prišao sam joj bliže i prislonio kurac na njene pantalone. Trgnula se na trenutak ali se nije odmicala od prozora. Stavio sam ruke oko njenog struka i lagano pomerao goli kurac po njenog guzi. Osetio sam mekoću toplog zategnutog somota ispod glavića.

Slušao sam njen šaputavi glas dok je ložila muža i mislio da ne obraća pažnju na mene. Verovao sam da misli samo na to kako da pomogne mužu da svrši. Polako sam pomerio dlanove napred preko struka, a onda je obema rukama naglo zgrabio za sise. Očekivao sam da će i dalje ostati mirna, da neće smeti da reaguje dok joj je muž na vezi. Ali prevario sam se. Odjednom se uspravila i pokušala da se okrene ka meni. Iskoristio sam to da joj na brzinu otkopčam šlic. Čuo sam da njen muž nešto priča, ali je ona prekinula vezu.

I dalje sam je čvrsto držao za struk, nisam je puštao. Odgurnula se od prozora i napravila nekoliko koraka sa mnom ka sredini sobe.

Pokušavala je da se otrgne iz mog zagrljaja, a otimala se još više kad je videla da sam već skinuo pantalone i da moj kurac slobodno šeta po njenim farmerkama. Držao sam je za unutrašnjost butine i drugom rukom za struk, dok me je ona udarala dlanovima po grudima.

"Da li si ti normalan? Pusti me! Sve ću da kažem mužu!"

Što se ona više otimala, to sam bio više napaljen. Onda je telefon pozvonio. Oboje smo ga ignorisali. Bili smo previše zauzeti rvanjem. Ona se otimala iz mojih ruku dok sam pokušavao da joj svučem pantalone. Odzvonio je do kraja, pa je nastavio ponovo. Tek tad se ona trgnula. Znala je da mora da se javi mužu. Podigla je telefon.

"Evo me"

Okrenula se ka meni. Osetila se sigurnije kad je znala da joj je muž na vezi.

Odmah sam joj stavio ruku na otkopčane pantalone i dlanom prekrio bele gaćice. Bile su natopljene njenim sokovima. Uzdahnuo sam od zadovoljstva i olakšanja. Ipak je bila napaljena. Polako sam prelazio dlanom preko tkanine, spuštao sam prste preko vlažnih usmina, a onda ih ponovo lagano podizao gore. Odmah me je uhvatila za zglob, ali nije se pomerala. Stajali smo jedno ispred drugog. Mirno me je gledala dok sam joj lagano milovao pičku.

"Evo me, tu sam bila... Morala sam... Šta ti radiš, dokle si stigao? Aha. Zvuči... Lepo. Jeste, komšija je tu"

Dao sam joj kurac u ruku. Pretvarala se da je ravnodušna dok je dlanom prelazila preko njega, ali više nije mogla da sakrije želju u očima.

"Ne brini, ne odvajam se od njega. Neću ga pustiti da ode, sačekaće te. Da... Evo me, dolazim"

Krenula je ka prozoru i povukla me za sobom. Pogledala je ka parkingu napolje.

"Evo me, jel me vidiš?"

Dok se pokazivala mužu, konačno sam uspeo da joj svučem farmerke. Gore je imala jaknu, dole samo bele gaćice. Stajao sam iza nje, milovao joj guzu i čekao da zauzme pozu. Kao da je oklevala neko vreme.

Znala je šta je čeka. Ali nije mogla da izbegne to. Verovatno više nije ni želela.

Uzdahnula je, zabacila kosu unazad i ponovo se nagnula napred. Dok sam joj svlačio gaćice, namestila je zavesu preko svojih leđa. Mislila je da će me tako sakriti od muževljevog pogleda. Gledao sam njenu guzu i polako prelazio glavićem preko njene tople kože. Znao sam da ću konačno pojebati svoju komšinicu i želeo sam da uživam u svakom trenutku.

Nisam je dugo pustio da čeka. Njena koža između butina bila je skroz vlažna. I njoj je ovo bilo potrebno kao i meni. Gurnuo sam kurac ispod njene guze i pronašao put između usmina. Bile su velike, sočne i vlažne, željne kurca.

Ali unutra je bila uska. Toliko uska da sam imao osećaj da ga guram u neku tinejdžerku. Muž joj je govorio istinu. Odavno se nije jebala, i bila mu je verna. Zatvorio sam oči i zadovoljno stenjao dok sam polako ulazio u nju. Odjednom osetio kako me je njena ruka zgrabila za kurac. Podigao sam pogled i video njeno lice, skoro u bolu. Sklonila je zavesu i okrenula se ka meni. Tek tad je valjda shvatila šta se to sprema da uđe u nju.

"Nemoj celog, molim te. I polako"

Klimnuo sam glavom i ona se ponovo okrenula napred. Nastavila je priču, ložila je muža da bi svršio što pre.

"A što ne dođeš gore, i lepo me izjebeš umesto što drkaš tu? Ne brini, ne čuje komšija. Tako sam željna da te osetim u sebi. Fali mi tvoj kurac. Da. Hoću..."

Pitao sam se da li ga je stvarno drkao u džipu. Imao je pogled iz dva ugla, i sigurno se naložio. Mogao je da vidi ono što ja vidim - njegovu ženu od pozadi dok je guzim, a video je i iz drugog ugla - na prozoru, obučenu u lepu belu košulju dok se trudi da deluje pristojno i ničim ne pokaže da u nju od pozadi ulazi veliki kurac.

Dok sam se ja trudio da je jebem polako, komšinica se sve više ložila. Malo od priče sa mužem, malo više od mog jebanja. Sve glasnije je stenjala i sve dublje disala. Znala je da će muž provaliti da to više nisu odglumljeni uzdasi zbog njega, nego rezultat prave uzbuđenosti. Nije znala da se on radovao zbog toga.

Sve češće je spuštala glavu dole, da bi sakrila koliko je napaljena, i sve više stiskala butine. Primetio sam da joj glas sve više podrhtava dok mu je govorila uzbudljive fraze, i znao sam da neće moći dugo da izdrži. Onda je naglo prekinula svoju erotsku priču.

"Neko zvoni, prekidam"

Odmah je sklonila zavesu sa sebe. Povukao sam je u sobu i naslonio na zid. Glasno je zastenjala promuklim napaljenim glasom. Dugo je čekala na to.

"Ahhhhhh... Jebi me, samo me jebi"

Počela je da svršava pored zida, a onda se sama spustila na pod. Nastavio sam da je guzim tu. Više je nisam štedeo. Nabijao sam ga brzo čitavom dužinom u nju. Izgleda da joj je to prijalo. Mislim da je svršavala svo vreme. Telo joj se treslo, stenjala je i plakala u isto vreme.

Ispraznio sam se u nju uz glasan krik olakšanja. Tek onda sam shvatio da nemam kondom. Njoj izgleda da nije smetalo. Nabio sam joj ga do kraja, jaja su mi se priljubila uz njene tople usmine dok se sperma izlivala iz mene negde duboko u njoj. Ležala je zatvorenih očiju i stenjala dok sam je punio. Telo joj je i dalje podrhatavalo u dugo očekivanom orgazmu. Gurnuo sam njena bedra sve dok oboje nismo bili na podu. Slušao sam naše duboko disanje zatvorenih očiju. Uživao sam u tom trenutku. Konačno sam jebao svoju omiljenu komšinicu. Još neko vreme sam ležao preko nje i uživao u njenoj blizini i toploti njene pičke, a onda sam ustao.

Odmah sam počeo da se oblačim. Želeo sam da ostanem pored nje, ali nisam hteo da komšija provali koliko se ložim. Ona se okrenula na drugu stranu, ka prozoru i mužu koji je sedeo u džipu. Popravila je košulju i kosu, a onda se ponovo nagnula nad prozor. Odmah zatim zazvonio je telefon. Javila se.

"Završio si? Sam? Uf... Baš mi je žao. Izvini. Dobro. Reći ću mu. Kad ti onda stižeš? Važi"

Prekinula je vezu i okrenula se ka meni. Tek tad je videla da sam potpuno obučen. Odmahnula je glavom i krenula ka meni.

”Ne ideš ti nigde sad. Imamo bar još pola sata. Kad si već započeo...”

Kad mi je otkopčala šlic, ponadao sam se da će da klekne. Umesto toga, izvadila mi je kurac i obuhvatila ga dlanom. Počeo je da se diže i pre nego što je krenula da ga drka. Gledala me je u oči dok je pomerala dlan po njemu. Kad je ona procenila da je bilo dovoljno, odgurala me je do kauča. Otkopčala mi je šlic i svukla pantalone do članaka. Onda me je gurnula da sednem.

Opkoračila me je i pažljivo se nabila pičkom na mene. Glasno je stenjala dok se polako spuštala ka meni. Kad je potpuno nestao u njoj, pogledala me je napaljeno. Lagano je pomerila bedra ka meni, kao da je želela da ga primi još dublje. Glas joj je drhtao kad je prošaptala, kao za sebe.

”Sad ćeš da vidiš šta je jebanje”

· · · ·

Oslonila je dlanove na moje grudi i počela da me jaše. Skakala je po meni brzo, pravila krugove, udarala me bedrima snažno... Imao sam utisak da sam probudio napaljenu zver. I ja sam se napalio kao životinja. Gledao sam kako sperma curi iz nje, pretvara u penu i razmazuje po kurcu. Nikad me nijedna tako dobro nije jahala, ali želeo sam još brže. Uhvatio sam je za belu košulju, pokušao da joj otkopčam dugmad. Nisam uspevao. Bio sam previše napaljen, i ona je skakala na sve strane. Izgubio sam strpljenje. Zgrabio sam košulju za rubove i povukao u stranu. Dugmad su se pokidala, a preda mnom su se pojavile njene male sise pokrivene belim čipkastim brushalterom.

Uzdahnula je i zatvorila oči kad je osetila moje dlanove na njima. Taman kad sam počeo da ih vadim iz brusa, njen telefon je zazvonio. Uzela ga je u ruku a onda me uplašeno pogledala.

”Javi se. Ja ne mogu sad”

Bio je to komšija. Ni ja nisam imao želju da pričam sa njim dok mu jebem ženu, ali nisam imao izbora.

”Dobro veče. Tu je, nego je nešto otišla do kuhinje”

Znao sam da je u isto vreme gledao kako ona sedi u mom krilu. Nije odustala zbog telefonskog poziva, samo je malo usporila. Čuo sam njegov glas iz slušalice.

”Znači, toliko je napaljena, da ne može da priča?”, nasmejao se zadovoljno, ”Jel te dobro jebe, a? Rekao sam ti ja”

”Pa da, jeste. Evo je, sad je stigla”

Dao sam joj slušalicu. Na trenutak je zastala, duboko uzdahnula, pa se javila.

”Ćao dragi, gde si? Evo me, nešto u kuhinji. Aha, zato sam se zadihala. Kad ti stižeš?”

Sedela je nepomično na kurcu dok ga je slušala. Držala je dlan na mom stomaku, kao da me je držala da se slučajno ne pomerim u njoj.

Slušao sam njen zadihani glas i jedva čekao da prekine vezu. Skinuo sam joj košulju, a odmah zatim i brushalter. Posmatrao sam njeno golo telo dok se sedela na meni. Gledala me je u oči dok je pričala sa mužem. A onda se ohrabrila. Polako je počela da se pomerala gore-dole. Zgrabio sam je za sise i slušao njen glas koji je postao smiren.

”Čeka te komšija, da. Evo ga ovde. Gleda televiziju. Pa dobro, ne moraš da žuriš, polako”

Čim je prekinula vezu, bacila je telefon i nastavila da se brzo nabija na kurac. Kao da nije ni prekidala. Oslonjena na moje grudi, stenjala je sve glasnije. Skinula mi je naočare pa se nagnula napred i poljubila me. Koliko god da su mi prijali njeni strasni poljupci, razmišljao sam samo o naočarima koje je skinula. Znao sam da je njen muž krenuo ka nama istog trenutka kad je izgubio sliku.

Komšinica je svršavala na meni. Još uvek me je ljubila dok se njeno telo treslo u orgazmu. Držao sam dlanove oko njenog struka. A onda smo začuli glasno zatvaranje ulaznih vrata. Oboje smo se trgli. Nije me iznenadilo što ga vidim. Ali nju jeste. Gledala ga je raširenih očiju, otvorenih usta iz kojih ništa nije izlazilo. Još uvek je svršavala, njeno telo je podrhtavalo, a izgledala je kao da je uplašena. Probala je na mu nešto kaže kao opravdanje, ali je orgazam toliko nosio da je samo nemoćno drhtala u mom krilu. Pokušala je da ustane sa mene, ali sam je čvrsto držao uz sebe. Začuđeno me je pogledala i pokušala da se otrgne.

Onda je ponovo pogledala u muža. Dok joj je prilazio u hodu je otkopčavao šlic. Izgledao je kao da ga je jako napalio prizor njegove žene dok sedi gola na meni. Ona je bila potpuno zbunjena kad je videla da joj muž ne samo što nije ljut, nego da se sprema da je pojebe. Ponovo je htela nešto da kaže, ali nije znala šta. Samo je gledala u njega, pa onda u mene, pa onda u njegov čvrst i dignuti kurac i ništa joj nije bilo jasno.

Stao je iza nje i uhvatio je za struk. Podigao je sa mene, a onda kleknuo i nju spustio sa sobom. Čim se naguzila pred njim, uhvatio je za bokove i snažno povukao ka sebi. Nabio joj ga je naglo, bez najave i oklevanja. Glasno je kriknula zatvorenih očiju. Čvrsto me je uhvatila za kurac. Izgledala je kao da je njegov kurac boli. Polako je otvorila oči. Upitno me je posmatrala dok se on nabijao duboko u nju. Kao da nije znala šta da radi. Oprezno se okrenula se ka njemu. Kad je videla da stvarno nije ljut, ponovo me je pogledala a onda spustila pogled na moj kurac. Nekoliko trenutaka je oklevala, a onda ga je uzela u usta i mirno počela da puši. Gledao sam samo u nju i pretvarao se da njen muž nije tu. Iako je on snažno udarao od pozadi i nabijao njenu glavu na moj kurac. Oslonila je jednu ruku na moju butinu, dok je drugom polako drkala deo kurca kojeg nije gutala.

Slušao sam njeno zadovoljno mumlanje i posmatrao je kako sa uživanjem puši. Nisam dugo izdržao da gledam u njeno lepo lice. Pustila je da prvi mlaz sperme završi u njenim ustima, a onda ga je izvadila i drkala ispred sebe. Uhvatio sam je za kosu i posmatrao kako sperma zapljuskuje njeno lice. Tek kad sam završio ponovo sam se setio njenog muža. Nije izgledao kao da mu je smetalo što sam mu isprskao ženu. Činilo se kao da ga je to dodatno napalilo. Udarao je sve jače od pozadi, a onda joj ga je nabio do kraja i glasno zastenjao. Gurao ga je u nju brzim i kratkim pokretima dok mu se telo treslo. Nije ga vadio, ispraznio se u njoj.

Nakon toga ona je mirno ustala. Na licu joj je još uvek bila moja sperma. Otišla je do kupatila i vratila se umivenog lica. Još je bila gola. Najnormalnije nas je pitala da li hoćemo kafu. Onda je otišla da se istušira.

Sedeli smo u tišini. Nisam znao šta da pričam sa njenim mužem. Činilo mi se da njeno tuširanje predugo traje. Kad sam ustao da se obučem i krenem, rekao mi je da sednem.

”Sačekaj da se vrati”

Delovao je smireno nakon jebanja, opustio se. Više mi nije bilo neprijatno. Očigledno mu nije smetalo da je jebem.

Komšinica je na sebi imala rašireni kućni mantil kad je ponovo ušla u sobu. Uhvatila je muža ra ruku i povela ga do kauča na kome sam sedeo. Sela je između nas dvojice. Pogledao sam je.

”Ja bih da krenem”

Nisam znao šta se od mene očekuje.

Stavila je ruku na moj kurac.

”Ne ideš ti nigde”

Onda se okrenula mužu i uhvatila i njega za kurac.

”I za tebe imam iznenađenje”

Polako nam je milovala kurčeve prstima, a onda ih je uzela u dlanove. Drkala nam je obojici istovremeno, i posmatrala kurčeve sa osmehom na usnama. Gledala ih je kao da se pitala čiji će pre da se ponovo potpuno digne. Ko je spremniji da je ponovo izjebe. Našu trku je prekinulo zvono na vratima. Odmah je ustala i otrčala iz sobe.

Malo nakon toga, na vratima se pojavila njena prijateljica, plavuša koju sam jebao. Nije me to iznenadilo. Ali izgleda da komšiju jeste. Malo se trgnuo kad je video. Pokušao je da ustane, a onda je shvatio da je go, i da mu je kurac skoro sasvim dignut. Plavuša se osmehivala njegovim mukama. Izgledala je kao da je nije iznenadilo to što nas je zatekla gole, kao da je znala unapred šta će videti. Onda sam shvatio. Njena prijateljica ju je pozvala. Da podeli užitak sa njom.

Dok je moja komšinica sa osmehom posmatrala, plavuša je polako prošetala svoje duge noge u suknji preko čitave sobe, i sela između nas. I ona nas je odmah obojicu uhvatila za kurac, ali mene je jedva pogledala. Svu pažnju je poklonila komšiji. Sedeli smo kao i one večeri kad sam je prvi put video. Osim što smo tada bili obučeni i pristojni. Plavuša je gledala komšiju, uživala je u njegovom iznenađenju, i čekala da ga to prođe. Kurac mu se ubrzo ponovo digao.

Plavuša je samo to čekala. Ustala je a onda odmah zatim kleknula između njegovih kolena. Uzela je kurac u usta i počela da mu puši. Komšija je delovao uzbuđeno. Stavio je dlan na njenu kosu i dahtao. Pogledao je u svoju ženu, kao da je pitao da li je to u redu. Ona je sedela u fotelji, otkopčanog mantila i raširenih nogu. Smireno ih posmatrala i polako milovala pičku. Pustila je plavušu da puši njenom mužu, a onda je ustala, prešla preko sobe i kleknula pored nje.

Drkao sam gledajući kako se kurac probija između njihovih vlažnih usana. Palacale su jezikom po njemu, lizale mu jaja i naizmenično napaljeno gurale glavić u usta. Nisam mogao da izdržim da to više gledam. Kleknuo sam iza komšinice i zadigao joj kućni mantil. Pomilovao sam je po vlažnoj pički i odmah joj ga gurnuo. Nije se ni okrenula, mirno je nastavila da puši. Stegnuo sam joj bokove i divlje se nabijao u nju. Svaki moj udarac od pozadi je gurao snažnije na komšijin kurac. Stenjao sam glasno od zadovoljstva dok sam je gledao.

Plavuša je na trenutak okrenula glavu ka meni pa je ponovo stavila komšijin kurac u usta. Stavio sam ruku na njenu suknju i podigao je gore, do struka. Nije nosila ništa ispod. Njena glatko obrijana pička ponovo se presijavala pred mojim očima. Prstima sam prelazio preko tih vlažnih usmina koje sam poznavao. Izvadio sam kurac iz komšinice. Kleknuo sam iza plavuše i gurnuo kurac u nju. Tek kad ga je osetila u sebi, ponovo je obratila pažnju na mene. Ali ne onako kako sam očekivao.

Uspravila se, pogledala me na kratko, a onda izvadila kurac iz sebe. Ponovo se okrenula komšiji i ustala. Želela je da mu pokaže da je došla samo zbog njega. Otkopčala je dugme suknje i pustila je da padne na pod pred komšijinim napaljenim pogledom. Nije mi bilo važno. I on je zaslužio da je konačno izjebe. Ustao sam i polako drkao dok sam ih gledao.

Komšinica je i dalje pušila svom mužu dok se plavuša milovala pred njim. Prelazila je prstima preko vlažne pičke dok je drugom rukom stezala sisu. Uvijala se pred njim i pustila ga da dobro pogleda njeno zgodno golo telo. Onda mu je prišla i opkoračila ga. Komšinica je uzela mužev kurac u ruku i sama ga gurnula u plavušu. Ostala je tako pored njih i kad je ona počela da ga jebe. Zadivljeno je posmatrala kako se pička njene drugarice nabija na dug kurac njenog muža.

Ko zna koliko bi ostala tu da je nisam uhvatio za kosu i povukao ka sebi. Odvojila se od muža i stala pored mene. Držao sam joj dlan na potiljku i drkao pored nje. Gledao sam njeno lepo lice i uživao. Onda sam seo na kauč pored komšije. Raširenih nogu stajala je ispred mene. Prišla mi je i polako se nabila na kurac. Ljubio sam joj sise kad je počela da skakuće po meni. Nisam više primećivao plavušu, samo sam uživao u komšinicinom jahanju po meni.

Držala je dlanove na mojim ramenima, a onda se okrenula ka svojoj drugarici. Osmehnula se dok je gledala kako veselo skakuće po njenom mužu. Ispružila je ruku ka njoj i potražila njen dlan. I plavuša je ispružila ruku. Osmehivale su se jedna drugoj dok su nas jahale. Držale su se za ruku kao da su negde u šetnji. Bilo je očigledno da im ovo nije bio prvi put. Skakale su po nama u istom ritmu, igrale na nama kao srednjoškolke na nekoj dobroj zabavi.

Gnječio sam komšinicine sise i posmatrao plavušu kako skakuće po komšiji. I on svoje dlanove držao na velikim sisama svoje jahačice. Nije obraćao pažnju na mene i njegovu suprugu. Ložilo me je to što sam prvi put slobodno mogao da jebem komšinicu pred njenim mužem, bez griže savesti.

Taman kad sam se opustio i počeo da stvarno uživam u njenoj toploj pički koja je brzo klizila po mom kurcu, komšinica je ustala. Uzela me je za ruku i povela iz sobe. Prošli smo kroz predsoblje i ušli u njihovu spavaću sobu. Svetlo je bilo prigušeno, samo jedna lampa je osvetljavala prostor. Srce mi je lupalo. Činilo mi se kao da sam u njenom najtajnijem gnezdu, mestu gde se tucala samo sa mužem, gde su samo oni smeli da uđu. Činilo mi se da radim nešto zabranjeno. Primetila je da pomalo oklevam pa mi je malo snažnije stegnula dlan. Povela me je do njihovog bračnog kreveta, a onda je legla i spremno raširila noge.

"Dođi" prošaputala je.

Gledao sam njene raširene noge i pičku koja me je spremna čekala. Odmah sam se popeo na krevet i legao preko nje. Uzela je kurac u dlan i sama ga gurnula u sebe. Zatvorila je oči i glasno zastenjala od zadovoljstva dok je ulazio. Osetio sam toplotu pičke i posmatrao njeno lice u ekstazi dok ga je primala u sebe. Po prvi put smo stvarno bili sami i po prvi put sam imao osećaj da je stvarno otvorena za mene.

Jebao sam je divlje u njenoj sobi. Bio sam kao mašina dok sam se snažno nabijao u nju. Oboje smo glasno dahtali i stenjali. Ona je skoro vrištala od uzbuđenja. Bila je sigurno napaljena što je jebem na njihovom bračnom krevetu, što sme to da radi. Gledali smo se u oči svo vreme. Izgledali smo kao par koji je odavno trebao da se jebe, i činilo mi se da smo oboje bili svesni toga. Svršili smo u isto vreme. Široko je otvorila usta i kriknula. Zgrabila me je obema rukama za dupe. Pogledala me je i prošaputala.

"Nemoj da ga vadiš... Napuni me... Ispuni me do kraja"

Stegnula mi je mišiće snažno, zarila je svoje nokte u njih dok sam je punio spermom. Krevet je škripao pod nama. Nisam se zaustavljao, jebao sam je i nakon što je poslednja kap iscurila iz mene.

Legao sam na leđa pored nje i slušao kako ubrzano diše. Želeo sam da joj kažem koliko je bilo dobro i koliko mi je prijalo. Koliko dugo sam želeo da je jebem i kako je nadmašila sva moja očekivanja. Ali ćutao sam. Nisam znao ni da li treba da joj još persiram ili je ovo značilo da smo prešli na ti. Začuo sam kako se vrata polako otvaraju. Tek tad sam se setio njenog muža. Raspoloženje mi je splaslo. Nisam želeo da ustajem iz kreveta i odvajam se od svoje omiljene komšinice.

On je stajao na vratima i smeškao se. Izgledao je kao da okleva da uđe. Komšinica je malo pridigla glavu, a onda odmahnula kažiprstom.

”Ne sad”

Nisam mogao da verujem. Bez imalo oklevanja je izbacila muža iz spavaće sobe zbog mene. I on je delovao zapanjeno. Komšinica je ponovo odmahnula glavom.

”Jel moja drugarica još tu?”

”Sprema se da krene”

”Zaustavi je, i reci da može da spava ovde”

Komšija je delovao zbunjeno. Pogledao je mene, pa onda ponovo u nju. Onda je klimnuo glavom.

”Pa dobro”

Izgledao je zadovoljno kad je izašao. Komšinica je okrenula glavu ka meni, kao da je želela da proveri sa mnom da li je ja želim da ostanem. Naravno da sam želeo. Onda me je poljubila, okrenula se na drugu stranu i ugasila lampu. Osmehnuo sam se u mraku. Prijalo mi je to što je želela da spavam pored nje. Prijalo mi je i to što sam znao da je moja sperma još uvek u njoj i što joj nije smetala. Ili je bila previše umorna od jebanja da bi otišla do kupatila.

Probudio sam se priljubljen uz njena leđa. Ruka mi je ležala preko njenog struka. Kad sam otvorio oči, prvo što sam video bila je njena kosa. Trebao mi je nekoliko trenutaka da se setim da ležim pored nje. Osmehnuo sam se zbog toga. Setio sam se događaja od prethodnog dana i još više se priljubio uz nju. Kurac mi je bio dignut i naslonjen na njeno dupe. Još uvek je bila gola. Slušao sam njeno ravnomerno disanje. Polako sam pomerao kurac po njenoj zategnutoj koži. Znao sam da moram da je jebem, a nisam želeo da je probudim.

Spustio sam se malo niže, pomerio joj nogu i provukao kurac između njenih toplih butina. Kad sam osetio njene usmine gurnuo sam ga u nju.

Sačekao sam trenutak i pogledao je. I dalje je mirno spavala. Polako sam počeo da je jebem. Setio sam se njene drugarice, i kako njoj nije smetalo. Oprezno sam dahtao iza nje dok sam se napaljeno probijao kroz njenu pičku.

Probudila se i okrenula profil ka meni. Izgledala je sanjivo dok je gledala sobu kroz poluotvorene kapke. Izgledala je kao da i ona u prvim trenucima nije znala ko je iza nje, i ko je tako jebe. Posmatrala je sobu pomalo namrštenih obrva dok je pospano pokušavala da se seti. Bila mi je malo čudna situacija, ali nisam mogao da prekinem. Osmehnuo sam joj se.

"Dobro jutro"

Okrenula se ka meni. Video sam mali osmeh koji je prošao njenim uspavanim licem. Zadovoljno je zamumlala, zatvorila oči i ponovo spustila glavu na jastuk. Oslonila je dlan preko moje butine dok sam je jebao. Podigla je jednu nogu, savila koleno i malo bolje se namestila da bih dublje ušao u nju. Zgrabio sam je za sise i polako ih stezao. Više nisam morao da pazim da je ne probudim. Ćutala je dok sam je je tako guzio. Povremeno sam čuo njeno pospano zadovoljno stenjanje. Kad je osetila kako je jebem sve brže, ponovo je okrenula profil ka meni. Znala je da sam blizu vrhunca.

"Žedna sam" prošaputala je.

Odmah sam ga izvadio iz nje. Opkoračio sam je i kleknuo ispred njenog lica. Pridigla se na laktove i namestila ispred kurca. Posmatrala ga je dok sam drkao i strpljivo čekala. Kad je čula moje glasnije stenjanje približila je glavu i usnama obuhvatila glavić. Uhvatio sam je rukom za glavu dok sam zatvorenih očiju svršavao u njenim ustima. Jednom rukom me je uhvatila za dupe dok je gutala toplu tečnost. Sačekala je da se skroz ispraznim, pa se nabila glavom do kraja na njega, a onda ga je izvadila iz sebe. Oblizala je usne i podigla pogled ka meni. Osmehnula mi se.

"Dobro jutro"

Kad sam se istuširao, otišao sam u kuhinju. Plavušu je sa komšijom pila kafu za stolom. Sijali su od zadovoljstva. Iza njih je komšinica kuvala kafu. Stao sam pored nje. Mirisala je na mleko za telo, na sebi je imala samo kućni mantil. Poljubio sam je u obraz i krišom od muža, iza njegovih leđa je uhvatio za dupe. Prijalo joj je to. Grizla se za usnu i gledala u oči dok sam to radio. Pitala me je da li hoću da doručkujem ili da skuva kafu. Nisam bio gladan.

Seo sam za sto. Komšija me je pitao kako sam spavao. Ne znam da li je to bio pokazatelj ljubomore, ili dobronamerno pitanje. Plavuša mi se samo smeškala. Izgleda da je uživala dok me je posmatrala kako se trudim da odgovorim. Mogla je da zamisli kako sam dobro izjebao njegovu ženu, i pretpostavljala je da je to nerviralo muža. Ali on je imao dobru zamenu. Plavuša je bila lepa i zgodna, a on je ionako odavno želeo. Žena mu je dozvolila da jebe njenu prijateljicu, a to nije bila mala stvar.

Tek tad sam primetio da je njena ruka bila ispružena ka njemu. Polako se pomerala ispod stola, na njegovim bedrima. Već mu je lagano drkala, onako usput, uz jutarnju kafu. Onda se okrenula ka njemu, približila se i nešto mu šaputala na uvo. Polako je ustala, provukla između njega i stolai kleknula između njegovih kolena. Pretvarao sam se da ne primećujem kako mu puši kurac.

Komšinica je skuvala kafu i okrenula se ka nama. Nasmešila se kad je videla plavušu ispod stola. Odmahivala je glavom dok mi je sipala kafu u šoljicu, a onda je sela pored mene. Odmah je spustila dlan na moju butinu. Na kratko je pogledala muža a onda u plavušu, čija glava podizala gore-dole ispod stola. Ponovo se okrenula ka meni. Na kratko me je pogledala, a onda spustila pogled na kurac. Namestila je kosu iza ušiju i kleknula.

Ne znam zbog čega je to uradila. Kurac mi nije bio dignut i nisam izgledao kao raspoložen za pušenje pred njenim mužem. Možda je htela da se pravi važna. Ili da mužu pokaže da i ona može da uživa.

Samo što je stavila dlanove na moja kolena, muž je pozvao po imenu. Okrenula se ka njemu i pogledala ga ispod stola.

"Dođi ovamo"

Glas mu je zvučao odlučno. Poslušno je ustala i odmah mu prišla. Uhvatio je za dlan i povukao dole. Kleknula je i pridružila se drugarici. Dok su mu obe pušile kurac, komšija me je netremice gledao. Tek tad mi je postalo jasno da je sigurno bio ljubomoran. Želeo je da mi pokaže ko je glavni frajer u kući.

Nije me bilo briga. Mirno sam pio kafu i pretvarao se da to ne primećujem. Uostalom, razumeo sam ga. Sinoć sam jebao njegovu ženu na njihovom bračnom krevetu. Ko ne bi bio pomalo ljut?

Komšija je ustao, uhvatio ženu ispod miške i postavio je ispred sebe. Stavila je laktove na sto i podigla glavu ka meni. Izgledala je kao da je stid od mene. Kao da je tražila da joj oprostim što se jebe sa sopstvenim mužem. On ga je snažno nabio u nju, i ona je zatvorila oči. Jebao je napaljeno, brzo i snažno. Butine su joj se usecale u sto koliko je nabijao na njega. Imao sam ruke oslonjene na sto, i osetio sam kako se pomera pod njima. Komšinica je savila glavu i oslonila je na sto, dahtala je glasno dok joj se kosa raširila po mušemi. Njen muž je zgrabio za kosu i podigao glavu. Nije joj dozvolio da se krije od mene. Kao da je želeo da bolje vidim kako uživa dok je on jebe.

Plavuša je u raširenom kućnom mantilu gola stajala pored njega. Izgledala je kao da ne zna šta da radi. U jednom trenutku je krenula ka meni, ali je komšija odlučno uhvatio za članak ruke i povukao. Pribio je uz sebe i uhvatio za dupe. Dok je ljubio strasno, drugom rukom je pljeskao ženu po dupetu. Digao mi se kurac dok sam ih gledao, želeo sam da im se pridružim, ali sam se pravio da ne primećujem kako se pravi važan.

Onda sam konačno čuo glasno komšijino stenjanje. Odmaknuo se od plavuše, obe ruke je stavio ženi na dupe i brzo ga gurao unutra. Ona je otvorila oči i gledala me dok je on punio spermom od pozadi. Jako sam želeo da je pojebem u tom trenutku. Činilo mi se da je i ona bila svesna toga.

Nakon toga otišla je u kupatilo dok se on spremao za posao. Plavuša mi se osmehnula kad je sela pored mene.

”I... Kakva je?”

Pogledao sam je upitno, kao da nisam znao na koga misli.

”Moja drugarica, šta se praviš blesav. Konačno si je izjebao, jel bilo dobro?”

”Odlična je. Baš kako si mi je opisala”

”I, koja ti se više sviđa?”

Ćutao sam, zbunjen pitanjem. Sreća pa se odmah nasmejala.

”Ma zezam se, trik pitanje. Nego...”, stavila je svoj dlan preko moje butine i nastavila šapatom, ”Sad ćemo mi opet. Jedva čekam da on ode na posao”

Taman kad je stavila dlan preko mog kurca, komšija je ušao u kuhinju. Pozvao me je da dođem. Otišli smo do predsoblja i on mi je odmah pružio kovertu sa novcem. Prebrojao sam, bilo je i više nego što sam očekivao. Komšija je popravio kravatu i pogledao me u oči.

”Hvala ti, pomogao si mi. Sad popij kafu i idi kući. I nemoj više da dolaziš. Zaboravi da se ovo uopšte desilo. I sa mojom ženom više nemoj ni da pričaš na ulici. Jel dogovoreno?”

Klimnuo sam glavom.

”Jeste komšija”

Bio sam pomalo tužan kad sam ponovo ušao u kuhinju. Nisam očekivao, ni bio spreman da sad tek tako prestanem da viđam komšinicu. Ona je sedela za stolom ispred šoljice kafe. Pogledala me u oči i video sam da je i ona izgledala tužno. Progovorila je tihim glasom.

”Tražio je od mene da se više ne vidim s tobom”

Klimnuo sam glavom i seo. Uzdahnula je kad je shvatila.

”Znači, i tebi je to rekao?”

Plavuša je stajala pored sudopere i gledala nas.

”Šta ste se rastužili, imate čitav dan. Nije vam ništa rekao za danas”

Polako mi je prišla i kleknula ispred mene.

”Evo ako nećeš ti, ja ću. Meni nije ništa zabranio”

Komšinica je gledala u svoju prijateljicu dok mi je otkopčavala šlic, a onda je i ona ustala.

"Ma u pravu si. Čitav dan je pred nama"

Obišla je sto sa druge strane i kleknula pored drugarice. Kurac mi je bio spušten zbog obeshrabrujućeg govora komšije. Oslonile su svoje dlanove na moje butine, priljubile lica jedno uz drugo i lizale mi jaja, svaka po jedno. Palacale su jezikom po njima dok je kurac bio ležerno opušten preko njihovih lica. Stavio sam dlanove na njih i prolazio im rukom kroz kosu. Video sam kako se kurac polako diže između njihovih lica. Smeškale su se kad su videle kako se podiže kao raketa među njima.

Ponovo su izgledale kao nestašne srednjoškolke dok su se tako značajno gledale. A opet, kao zrele žene. Srećne što su naletele na mladog pastuva koji je spreman da ih jebe koliko god njima treba.

Prelazile su toplim usnama preko tek dignutog kurca, polako su glave podizale na gore pored njega, pa su se strasno ljubile jezicima dok im je glavić stajao između usana.

Komšinica je prva ustala. Polako je raširila svoj mantil i pustila me da uživam u pogledu na njeno golo telo. Mislio sam da hoće da je jebem, ali uhvatila je plavušu za ruku i povela je do radnog dela kuhinje. Naslonila se na njega, a onda naslonila plavušu na sebe. Obgrlila ju je rukama i polako joj odvezala traku oko kućnog mantila. Polako ga je raširila preda mnom. Plavušine velike sise su se otkrile. Bradavice su joj bile nabrekle i čvrste, ubrzano je disala dok me je gledala. Kao da me je molila da je jebem. Komšinica je prelazila prstima preko njene vlažne pičke i gledala me.

"Hoću da vidim kako mi jebeš drugaricu"

Nije trebalo dva puta da mi kaže. Prišao sam joj, uzeo kurac u ruku i odmah ga nabio unutra. Nisam više mogao da čekam. Obema rukama sam je zgrabio za sise. Gledao sam je kako uživa. Oboje smo bili napaljeni još od kako smo gledali kako je komšija jebao svoju ženu. Nabijao sam je snažno na komšinicu, njeno toplo telo se odbijalo od nje kao od nekog elastičnog kreveta. Iza njenog dupeta, komšinica se namestila i trljala o nju. Gledao sam je kako uzbuđeno i brzo pomera bedra iza guze svoje prijateljice. Uhvatio sam je za kosu, povukao ka sebi i poljubio. Nas dvoje smo se brzo pomerali dok je plavuša nepomično stajala između nas. Dahtala je zatvorenih očiju i uživala. Bila je kao u sendviču između nas. Činilo se kao da je oboje jebemo.

Zabacila je glavu i glasno i dugo zastenjala. Njeno telo se treslo između nas dvoje. Nisam prekidao da je jebem dok je svršavala, izvadio sam ga iz nje tek kad je otvorila oči. Komšinica se brzo izvukla iza nje. Prošla je iza mene i povela me za ruku. Kad sam se okrenuo, mantil pustila je da mantil sklizne sa njenog tela i padne na pod. Naguzila se preko stola. Na istom onom mestu gde ju je do skora jebao muž. Okrenula se ka meni i pogledala me.

Svidelo mi se što je htela da je jebem baš tu. Nisam oklevao, prišao sam joj i ušao u nju od pozadi. Plavuša nam je prišla, stala je pored mene. Okrenuo sam je ka stolu i namestio je naguženu pored svoje drugarice. Milovao sam je po dupetu, pljeskao ih obe dok sam se divljački nabijao u napaljenu komšinicu. Zamislio sam ih kao iz onih plavušinih priča, iz studentskih dana, dok su se jebale zajedno.

”Jel ste se ovako tucale zajedno?”

Samo su se pogledale i nasmešile jedna drugoj. Kao da su se i same setile zajedničkih provoda.

Kad sam uhvatio plavušu za kosu i povukao je ka sebi, i komšinica se pridigla. Izvadio sam ga iz nje. One su već kleknule kao po dogovoru, iskusno. Gledale su dok drkam kurac i čekale na spermu. Gledao sam njihova lepa lica.

”Aj poljubite se”

Nisam morao dva puta da kažem. Okrenule su se jedna ka drugoj i počele strasno da se ljube. Glasno sam uzdahnuo kad sam to video. Bio je previše dobar prizor da bih dugo izdržao. Čim sam počeo da ih prskam postavile su jezike ispred glavića. Palacale su jezicima jedan preko drugog, udarale vrhovima po glaviću dok je tečnost šikljala iz njega. Sperma je curila preko njih, slivala im se na usne dok su uzbuđeno dahtale.

Ustale su nakon što ih je poslednja kap isprskala. Ponovo su se okrenule jedna ka drugoj i nastavile da se ljube dok su stajale ispred mene. Lepljive usne su klizile jedna preko druge a sperma im je curila niz bradu. Držao sam ih za guze i zadivljeno ih posmatrao. Kurac mi se nije spuštao. Bio sam spreman da ih ponovo obe izjebem.

Rukama sam ih priljubio bliže jedna drugoj i postavio kurac između njih. Polako sam se trljao o njihove butine i pitao u koju ću prvo da uđem. Okrenule su se ka meni tek kad su postale svesne da je između njih ponovo dignut tvrdi kurac. Plavuša se osmehnula.

”Bolje da idem, dok je vreme”

”Gde ćeš?”

”Mene možeš da jebeš kad hoćeš, samo se javi. A vas dvoje treba da iskoristite ovaj dan”

Pogledali smo se. Bila je u pravu.

Nakon što je plavuša otišla, jebao sam komšinicu na svakom mestu na kome sam mogao da zamislim. Želeo sam da svaki kutak u kući pamti po meni. Tucali smo se čitav dan. Poslednji put sam svršio u njoj nekoliko minuta nakon što je njen muž nazvao i najavio da će doći. Kao da je pretpostavio da sam još uvek tu, želeo je da mi da vremena da odem.

Narednih nekoliko nedelja poštovali smo dogovor da se više ne viđamo. Nije mi prijalo što je tako. Odlazio sam kod plavuše, ali nedostajala mi je komšinica. Jednom sam je sreo na ulici. Ponovo je izgledala nedostižno. Samo mi se na kratko javila, a onda je sa ozbiljnim pogledom na licu nastavila put. Pogledao sam za njom. Nekad me je takvo njeno ponašanje nedostižne žene ložilo. Tad me je samo rastuživalo. Ali, koliko god da mi je bilo krivo zbog toga, razumeo sam je. Plašila se da nas njen muž ne vidi.

A onda se jednog dana pojavila na mojim vratima. Obučena u uske farmerke i kratku usku majcu. Kao moja vršnjakinja. Izgledala je onakva kakvu je oduvek poznajem. Onakva na koju sam se odavno naložio. Obukla se kao da je znala za to. Široko se osmehivala kad me je videla. Odmah mi je rekla da je novi dogovor da možemo da se viđamo, ali samo u njihovom stanu. Valjda da bi nas on držao na oku, da se previše ne opustimo. Pretpostavio sam da je prethodnih nedelja primetio da je neraspoložena, i da se to neraspoloženje prenelo i u krevet, pa mu to nije odgovaralo. Bilo mu je lakše da je deli sa mnom, nego da je uopšte nema.

Komšinica me je gledala širom otvorenih očiju.

"Ajde, šta čekamo?"

Očekivala je da odmah pođem za njom, u njen stan. Umesto toga, uhvatio sam je za ruku i povukao ka sebi. Zatvorio sam vrata i uveo je u svoj. Začuđeno me je gledala.

"Ali ne možemo ovde, moramo kod mene"

Pravila se blesava dok smo išli ka mojoj sobi, nije htela da odmah pokaže da joj prija to što ću je jebati u svojoj sobi. Mislio sam da naša veza, kao i sve dobre veze, počne na mom krevetu.

Also by Višnja Savić